La République, la pantoufle et les petits lapins

André Glucksmann

La République, la pantoufle et les petits lapins

Desclée de Brouwer

© Desclée de Brouwer, 2011
10, rue Mercœur – 75011 Paris
ISBN : 978-2-220-06304-1

I

La République, la pantoufle et les petits lapins

Vous avez la foi – moi pas

> « On dressera une grande croix de Lorraine sur la colline qui domine les autres. Tout le monde pourra la voir. Comme il n'y a personne, personne ne la verra. Elle incitera les lapins à la résistance. »
>
> Charles DE GAULLE
> (à propos d'un monument qui lui serait consacré)

À gauche, vous croyez en Mitterrand ou vous estimez nécessaire de feindre le culte de son souvenir glorieux. Tous les ans, vous faites, par leaders interposés, pèlerinage sur sa tombe et procession en sa demeure. Rassemblés dans un bourg de Charente une rose à la main, et souvenirs en boutonnière, ou modestement affalés devant le poste de télévision, vous ne rigolez pas, énamourés, cérémonieux tels les braves Soviétiques qui jadis piétinaient devant le mausolée de Lénine. Vous rendez hommage au sauveur suprême. Nulle pensée malsaine ne traverse votre âme, aucune mémoire de retournements mémorables, le défunt incarne votre infaillibilité séculaire. Main basse sur l'affaire Dreyfus, le Front populaire, la Résistance, l'anticolonialisme, tant de prestiges monopolisés panthéonisent votre parti à l'abri de tout soupçon. Refoulé le fugace devoir d'inventaire suggéré par Lionel Jospin, tout bilan serait malséant (dommage, car l'abolition de la peine de mort fut le véritable, tristement unique, mérite du mitterrandisme). Erreurs, vilenies, lâchetés sont à verser au compte de la dureté des temps ou des incartades individuelles. Sainte Gauche s'exonère d'office des faillites et banqueroutes, lesquelles n'affectent d'aucune façon une présomption d'avoir depuis toujours et à jamais raison. Le coup de Jarnac vire au coup de maître blanchisseur.

En toute tranquillité, plusieurs décennies dévotes ont taillé la statue marmoréenne du commandeur, qui tour à tour ministre de l'Intérieur et ministre de la Justice expédia une pleine génération d'adolescents patauger dans les Aurès – « L'Algérie c'est la France! » – « une seule négociation, la guerre! ». Pour rien? Pour rien, une jeunesse française sacrifia ses plus belles années à quadriller, déplacer, parfois martyriser les « indigènes » d'Algérie, elle en revint brisée. Trente ans après, imperturbable, l'icône de la gouvernance de gauche s'épargnait encore la moindre explication. Par quel miracle sa participation notable à la dernière grande guerre coloniale européenne demeure-t-elle invisible aux yeux de ses innombrables zélotes d'hier et d'aujourd'hui? Le guide reste intouchable et la foi décidément aveugle.

À droite, vous vous autorisez une suffisance décontractée. De Gaulle est loin, trop grand. Certains d'entre vous s'en prétendent héritiers, mais l'estime qu'il mérite divise. Laissant à l'adversaire le soin de vous attribuer une doctrine, vos chefs en camouflent l'absence au gré d'humeurs intermittentes, européennes, antieuropéennes, nationales, libérales, étatistes, mondialistes selon le bon plaisir des regroupements claniques. Cultivant les mânes de Clovis, Jeanne d'Arc ou Napoléon, mais aussi bien de Saint-Just, Jaurès ou Guy Môquet, le florilège de vos goûts et couleurs passe pour témoigner à votre honneur d'un pragmatisme relativiste. Au point qu'il est permis de se demander si vous existez autrement qu'en trompe l'œil. Garde-t-on le souvenir de Chirac soutenant en douce Mitterrand contre Giscard candidat officiel du bloc des droites ? Faute d'une ligne commune, l'homme de droite exhibe des valeurs spécifiques, il sera judéo-chrétien, franc-maçon, laïc, croyant… Tous les idéaux lui agréent du moment qu'ils masquent la confusion et le vide de ses convictions.

La gauche actuelle dispute âprement de sa date de naissance : 1789 ou 1793, la Bastille ou la guillotine, la Commune de Paris, le congrès de Tours avec Léon Blum, celui d'Épinay avec l'homme à la rose ? La droite se gausse de titres de noblesse antinomiques, elle se veut éternelle comme la France qu'en droit divin elle représente et conserve. Les références historiques vont et viennent, réformistes ou révolutionnaires par ci, bonapartistes, légitimistes ou orléanistes par là. Quoi qu'il advienne la gauche demeure la gauche à perpétuité, et la droite la droite. Les étiquettes valsent. Les chefs s'abominent. Il n'importe : on est de droite, on naît de gauche, chaque élection présidentielle est censée vérifier que la frontière s'élève jusqu'au ciel.

Sur ma gauche, une hémorragie de chapelles et de groupuscules revendique la clé de l'univers. À ma droite, s'éparpille une génération de petits chefs qui se voient déjà grands. D'un côté, le concept sans intuition engendre des scissiparités sans limites. De l'autre, l'intuition sans concept accumule les têtes autocouronnées. À charge pour communicants et publicistes, le temps d'une guéguerre virtuelle, de colmater devant l'électeur hésitant chacune de ces béances chaotiques. Le vaincu dit « je n'ai pas su communiquer », quand le vainqueur se rengorge. Et nous, nous n'aurons rien appris, dommage !

Est-il possible de penser autrement ? Peut-être (je l'espère), mais certainement pas si l'on s'épargne la critique du tohu-bohu mental régnant.

Du national-exotisme

Il existe un mystère Mitterrand. L'idole de gauche ne manque pas d'idolâtres à droite. De son vivant, l'hôte de l'Élysée fut curieusement épargné par une opposition qui préféra « cohabiter » plutôt que polémiquer, seuls quelques irréguliers, irresponsables de mon acabit, manquèrent de respect pour l'homme supérieur méprisant les mouvements de dissidence et d'émancipation qui levaient à l'Est, bouleversaient les cervelles et bientôt en 1989 transformaient la carte de l'Europe. Après sa mort, celui que beaucoup appelaient « Tonton » réunit tous les suffrages, il devint un modèle de gouvernance pour son successeur de droite et pour les carriéristes de tous crins avides d'un machiavélisme de bazar. On saluait un « Florentin » goûtant à toutes les gamelles idéologiques – de la cagoule d'extrême droite aux flirts guevaristes – sans jamais afficher le moindre dégoût, puisque rien n'importait sinon le soin jaloux de son ascension. Sa capacité de passer de Vichy à la prédication socialiste émerveille jusqu'aujourd'hui, d'autant qu'il économisa les retours sur soi, évitant autocritiques, repentances et remords. On ne comprend rien au personnage et à l'unanimité des admirations qu'il suscite, si on ne le mesure pas à son illustre prédécesseur Barthélemy Piéchut, maire de Clochemerle-en-Beaujolais. Ne vous récriez pas, j'en conviens l'apothéose nationale de François Mitterrand l'emporte sur le succès départemental du maire, mais une fois portés en terre ni l'un ni l'autre ne laisse d'inoubliables souvenirs aux antipodes.

Piéchut présidait aux destinées d'un bourg fictif planté au cœur d'une région viticole fameuse. Ses administrés aimaient boire, manger, mais aussi palabrer, discuter et se disputer. Ils se divisaient donc entre gauche et droite, « punaises de sacristie » et « piliers de bistrot ». Curé, notaire, médecin et instituteur tentaient de contrôler à leur profit les rumeurs que relançaient les frasques de la belle aubergiste et les passions d'une vamp de supermarché (pardon, des « Galeries beaujolaises »). L'inauguration solennelle d'un urinoir (nous dirions d'une pissotière) voisinant l'église déclencha des tempêtes que le maire retourna au mieux pour le renom de sa commune et sa promotion personnelle. Il devint sénateur.

S'inspirant directement ou indirectement de cet auguste exemple, François Mitterrand lança avec astuce des débats propres à mobiliser des millions de manifestants et contre-manifestants, partisans de l'école publique ou de l'école privée. Pareillement, il s'entendit à raviver au point nommé la question du vote des immigrés, histoire de faire monter la cote du Front national aux dépens de la droite parlementaire. Il s'offrit en prime le risque d'une guerre coloniale de poche pour inquiéter le téléspectateur. Rocard qui ne professait pas le même cynisme l'apaisa en trois semaines – de même que l'on doit à de Gaulle la paix en Algérie,

Mitterrand, jaloux, prétendit décrocher les palmes de Pacificateur de la Nouvelle-Calédonie. De la IIIᵉ République à la Vᵉ, la méthode demeure : le monarque local ou national jette un pavé dans la mare des opinions, puis, réfugié dans un sage silence il regarde s'affronter les étourdis et les sectaires, enfin, à l'instant critique, il espère trouver une solution « ni-ni », mi-chèvre mi-chou, pour rétablir une paix qu'il aurait pu ne jamais troubler. Et tous dans le Landerneau d'admirer la prudence florentine ou beaujolaise des maîtres d'œuvre. Aujourd'hui, débats bâclés sur l'identité nationale, sur l'islam, débats sur la laïcité, débats sur la nécessité ou non de débattre, sondages sur les sondages amusent la galerie. Avis aux émules qui négligent *Clochemerle* de Gabriel Chevallier et croient que François Mitterrand inventa l'art de divertir les républicains à fins électorales.

La culture des fausses querelles nourrit les ferveurs militantes (quitte à exciter les perpétuels 30 % d'extrémistes des deux bords, toujours prêts à radicaliser les pires préjugés en excommuniant plus tolérants qu'eux). Si notre hémisphère gauche s'empêtre à pagayer entre révolution et réforme, radicalisme et opportunisme, n'allez pas croire qu'il s'agisse de débilités transitoires aisément corrigibles. Non sans naïveté, les augures supposèrent que la disparition de l'Union soviétique et le dépérissement du parti communiste français allaient réconcilier la gauche avec elle-même. C'est supposer à tort que le fantasme d'une Russie rouge comme le sang des prolétaires avait engendré (depuis le congrès de Tours en 1921) un bolchevisme tricolore. Évitons d'inverser les causes et les effets ! Si la majorité des congressistes d'alors s'est ralliée à l'Internationale léniniste, ce fut pour des raisons parfaitement autochtones. Il s'agit là d'une exception française. Ni les anarchistes espagnols (CNT), ni les intellectuels pacifistes anglais (Bertrand Russell) ne partagèrent l'élan des militants bien de chez nous.

Inutile d'alléguer une quelconque ignorance concernant la terreur qui sévissait à Moscou, dont *L'Humanité* d'alors rendait compte sans tabous. L'historien[1] montre combien la révolution déçue à domicile explique seule qu'on idolâtre celle qui lève ailleurs. Au terme de l'immense tuerie de 14-18, socialistes et syndicalistes français ont espéré et cru que le bon peuple s'insurgerait contre les fauteurs de la « guerre capitaliste », les possédants, les deux cents familles, les rois de la mine et du rail. Les premières élections d'après-guerre douchent ces espoirs fous, qui s'investissent désormais dans des contrées ignorées. Les racines de l'exotisme révolutionnaire ne tiennent nullement à la réalité de ce qui se passe ailleurs, mais à celle qui ne passe *pas* en France. Lénine, Trotski, Staline, Mao, Guevara, Arafat, Chavez, les icônes altermondialistes à venir sont aisément interchangeables. Tous ces faux héros comblent le même vide : pour ne pas désespérer de la révolution chez nous, il faut l'aller cueillir au loin.

Repris en canon alterné, le refrain « réforme-révolution » précéda la prise du palais d'Hiver en 1917. L'opposition Guesde-Jaurès, dès la fin du XIXe siècle[2], révèle une polarisation idéologique, qui perdure sous et après l'interminable

---

1. Christian JELEN, *L'aveuglement*, Paris, Flammarion, 1984.
2. Michel-Antoine BURNIER, *Le rouge et la rose*, Paris, La Martinière, 2011.

intermède communiste. Passé la Seconde Guerre mondiale, dans les années cinquante, la Fédération du Nord avec à sa tête Guy Mollet, grand spécialiste du double langage, conquit le parti socialiste (SFIO). Au nom du dogme rigide d'une lutte des classes sans compromis doublé d'un opportunisme pratique sans principes. Brodant sur le même canevas, François Mitterrand s'empara du parti au congrès d'Épinay avec l'aide conjointe de l'extrême gauche marxiste-léniniste (Cérés de Chevènement) et de l'aile réformiste, tolérante de Savary. Il persévéra en jouant sans souci sur les deux tableaux, nationalisant par ci, reprivatisant par là, claironnant son anti-impérialisme aux portes de la citadelle impériale (Cancún, 1982) et s'établissant manipulateur en chef des despotes de la « Françafrique ». Fidèles et successeurs se gardent soigneusement de démêler un écheveau dont l'efficace politicienne tient à l'amalgame de lignes et de convictions irréductiblement antinomiques. Avec moins de brio tactique, la confusion perdure dans les têtes. Les uns et les autres s'épargnent des choix indécidables, opportunément l'unanimisme antidroite clôture les débats.

N'allons pas supposer le camp d'en face davantage cohérent et peu enclin aux exotismes débiles. Comment expliquer sinon qu'au rythme des querelles de chefs, les factions s'invectivent « parti de l'étranger », s'entre-accusant de se vendre à des puissances lointaines ou de planquer des fortunes au Luxembourg et autres Bahamas ? Chirac finit par tuer politiquement Giscard, et Sarkozy faillit écoper d'un sort analogue dans l'affaire Clearstream : on ignore encore qui colla son nom sur la liste des fraudeurs, où il cohabitait

avec des oligarques russes expulsés par Poutine ; il
n'empêche, le Premier ministre en charge ne parut pour le
moins guère interloqué de trouver son ministre de l'Intérieur
« mouillé » dans une machination bâclée à la six-quatre-deux.
Imaginez l'entente cordiale – intellectuelle, idéologique et
sentimentale – réunissant des chefs qui se demandent si l'un
passera en Haute Cour pour trahison ou l'autre pour
dénonciation calomnieuse[3]. Un tel capharnaüm court depuis
de Gaulle et son RPF prêchant l'unité entre ex-collabos et
anciens résistants face à l'arrivée, supposée imminente, des
Cosaques de Staline. La guerre chaude n'eut pas lieu, le
Général se retira pour écrire ses mémoires et son camp
macéra dans l'absence d'idées.

Les réactionnaires de tous crins revinrent à leurs moutons,
c'est-à-dire à leur Union soviétique intérieure. Ils en
cultivaient la mythologie avec une application religieuse
digne des cellules du parti peaufinant poèmes et dessins
pour l'anniversaire du Petit Père des peuples. La France de la
terre et des morts que Barrès avait glorifiée (sur un mode
allemand) habite encore aujourd'hui nombre de cervelles,
alors que les paysans dépassent difficilement 3 % de la
population. Rien n'y fait. La politique agricole commune
demeure le souci numéro 1 de Paris et le salon de l'agriculture

---

3. Le goût du n'importe quoi xénophobe semble éminemment
contagieux. L'imprécation chauvine passa de droite à gauche pendant la
campagne de 2007, quand une brochure du PS désigna Sarkozy comme
citoyen américain « à passeport français ». La campagne de 2012 à peine
esquissée, l'argument soupe au choux est renvoyé par des casaniers de
l'UMP qui sacrent Sarkozy comme « homme du terroir » dressé contre un
rival présumé, DSK, qualifié de « washingtonien ». On rêve.

reste la manifestation obligée et la grand-messe de nos politiques. Le président Chirac n'en décolle pas, le président Sarkozy, malmené dans les sondages, s'y recolle (d'autant que les campagnes sont surreprésentées au Parlement). La ruralité, villages et presbytères symbolisent l'essence de la France, comme pour le tiers-mondiste l'image du Che incarne le sens de l'histoire. Ce bric-à-brac idéologique permet d'incongrus mixages, on célèbre Guevara dans les églises, tandis que la sauvegarde d'une nature éternelle passe pour exigence révolutionnaire. Dodo les bobos, debout les gogos.

Le déni de réalité ne connaît pas de frontières. Qui doute que labourage et pâturage demeurent mamelles de Tirésias? Ou que les moulins à vent – pardon, les éoliennes – permettent d'éliminer conjointement les risques du nucléaire et la non moins risquée dépendance pétro-gazière, ses pollutions en CO_2 et le chantage des fournisseurs, de Poutine au roi d'Arabie? L'exotisme d'une vie sans risques s'affiche sur les panneaux électoraux. « La force tranquille », slogan mitterrandien sur fond de clocher, résume les programmes. Deux blocs qui se neutralisent reconduisent dans leurs joutes internes la paralysie mentale qui gouverne un Clochemerle national. Crêpages de chignons, coups bas, dénonciations, imprécations et mises au pilori, en veux-tu en voilà, mais rien sur les nouveaux défis, sinon qu'ils font peur. L'état du monde, le destin de la Chine communiste, le sort de la Russie poutinienne et des peuples alentour, l'avenir de l'Afrique, sujets brûlants, que nos fièvres électorales négligent d'office ou repoussent en appendice de péroraisons. Simple oubli?

Pas du tout. En choisissant son président, la France s'isole et se calfeutre, elle seule touche la vérité vraie, il est impensable que l'univers l'éclaire, puisque c'est elle à la sortie des urnes qui va illuminer le monde.

Attention! Controverses, alternances de majorité, lutte des partis et des opinions font le ressort et la vie des démocraties anciennes et modernes. À la différence des despotismes et de la dictature des partis uniques où l'opinion, interdite de critique et de contestation, se sclérose. Le danger est d'autant plus grand de laisser s'embourber les débats dans un ping-pong de préjugés, qui n'apprend rien à personne et endort le citoyen. La maladie du sommeil est mortelle pour la République.

Comment peut-on voter pour les extrêmes? interrogent de candides démocrates refusant de se contempler dans un miroir à peine déformant. Georges Marchais hier, Marine Le Pen aujourd'hui incarnent un passage à la limite fort peu mystérieux. La solidarité bloqués-bloquants court sous les rivalités des alternances gouvernementales, elle fait le miel de qui prône le blocage total : une France campée dans son huis clos, antieuropéenne, antiétrangers, antimonde. De droite ou de gauche, les ultras prospèrent sur la congélation réciproque où stagne notre pays depuis plusieurs décennies. Ils sont la caricature de ce que nous devenons. Gentilles majorités d'hier et de demain, n'interrogez pas le FN sur son programme, lequel se contente d'élever la vacuité du vôtre à l'absurde. Ultra-droite comme ultra-gauche poussent la paralysie générale jusqu'au nihilisme suicidaire : « Plutôt vouloir le rien que ne rien vouloir » (Nietzsche).

Le mal français : la pantoufle

Double blocage realpolitique

Au-delà de l'Hexagone, les deux camps trouvent peu de sujets d'empoignade. Il règne entre eux une complicité muette qui tourne à l'union sacrée. La tradition postcoloniale atteignit son pic lorsque Mitterrand, fidèle à lui-même, accorda soutien logistique, financier, diplomatique aux dirigeants génocidaires du Rwanda, lesquels finirent par exterminer aux deux tiers la population tutsie. Au sein des partis adverses peu s'avisèrent de broncher. Dernièrement, alors que la jeunesse tunisienne se soulève contre son despote, notre ministre des Affaires étrangères propose au prédateur Ben Ali le « savoir-faire » de la France en matière de maintien de l'ordre. L'opposition socialiste fait cette fois moult tapage, certes scandalisée par une proposition nauséabonde, mais surtout désireuse que soient oubliées deux décennies durant lesquelles le parti unique du dictateur et lui-même restaient membres de l'Internationale socialiste (Ségolène Royal en est la vice-présidente et Ben Ali n'en fut exclu que quatre jours après sa fuite, il en alla de même pour Moubarak quelques jours avant son départ).

Quant à l'histoire d'amour avec un Kremlin qui lâcha bombes et divisions blindées sur le Caucase du Nord

(Tchétchénie), puis du Sud (Géorgie), elle n'en finit pas et ne semble embarrasser ni la droite ni la gauche humanistes. Depuis une quinzaine d'années, l'axe Paris-Berlin-Moscou domine l'espace européen au grand dam des pays libérés de l'emprise soviétique. L'accord de l'élite française, toutes tendances confondues, scelle un dérapage pluridécennal. Les myopies récurrentes du Quai d'Orsay garantissent un autisme égoïste lourd de dangers. Sœur Anne, ne vois-tu rien venir ? Rien, répondent les diplomates à l'unisson. Ils ne surent évaluer ni le mouvement dissident à l'Est (combien de divisions ?). Ni le pourrissement de Brejnev (reçu en grande pompe par Giscard). Ni la fin du soviétisme (la chute du mur de Berlin prit Mitterrand au dépourvu). Ni la férocité de Poutine (décoré de la grand-croix de la Légion d'honneur par Chirac). Ni la corruption galopante et belliqueuse de la gouvernance bifrons du Kremlin (Nicolas Sarkozy vend à Medvedev-Poutine les fleurons de la marine de guerre nationale[1]). Rien voir, rien savoir, rien prévoir, la contestation à l'Est et au Sud est ignorée tant qu'elle n'a pas gagné.

La France aligne le deuxième réseau diplomatique au monde après celui des États-Unis, difficile d'alléguer un « manque de moyens » pour excuser la cécité de sa diplomatie. À moins de sous-entendre un manque de moyens intellectuels. Le Quai d'Orsay, de surcroît, planant à mille lieues des campagnes électorales – toujours franco-françaises – et des rivalités partisanes, assure la sécurité des emplois. Les parachutés (au statut provisoire), fussent-ils promus

---

1. Cf., partie II, « Un signal désastreux ».

ministres et pleins de bonne volonté comme mon ami Bernard Kouchner, sont amortis quand ils ne sont pas absorbés. Pour imposer à ce bastion inaltérable une ligne à contre-courant, il faudrait une énergie herculéenne, dont nul n'a témoigné depuis plusieurs générations, exception faite d'une poignée minoritaire d'ambassadeurs qui nagent à contre-courant. Ils sauvent l'honneur.

Affranchi des contrôles électoraux, rarement contesté par les élus, le « Quai » jouit d'un privilège d'extraterritorialité républicaine, dont les autres institutions sont dépourvues. Seuls, entre 1900 et 1940, la Défense nationale et l'état-major bénéficièrent d'un statut comparable, la gauche et la droite ayant pris l'habitude de garantir aux questions militaires un hors-jeu politique... jusqu'au résultat catastrophique que l'on sait.

Depuis la mort d'un général de Gaulle inquiet : « le monde a remis ses pantoufles, les souris dansent », le « Quai » vit en apesanteur. Présidences de gauche et de droite se succèdent, elles placent de volatils favoris, mais n'entreprennent aucune révolution mentale. Le monde bouge, la diplomatie parisienne baigne dans ses habitudes, ses promotions à l'ancienneté, ses pistons occasionnels et ses préjugés historiques. Le train-train apporte la preuve que touchant les affaires du monde rien d'essentiel ne différencie pouvoirs de droite et pouvoirs de gauche, l'inertie du mammouth convient aux deux.

Les majorités alternées échangent discrètement une même photographie du paysage extérieur. Elles témoignent d'une égale complaisance pour l'immobilité, donc dérapent en connivence devant les dictatures et les poignes despotiques

capables de maintenir, croient-elles, un *statu quo* tranquilli-
sant, en Afrique, au Moyen-Orient, en Russie comme en
Chine. La corruption galopante ne les gêne guère, les affaires
sont les affaires. À l'occasion, on amuse la galerie par des
indignations sélectives et toujours tard venues. Quant aux
principes, qui parfois décorent les discours, la pratique les
relègue sur le banc de touche.

Exemple parmi tant d'autres et valable de tout temps :
Varsovie 1981, un coup militaire écrase le syndicat
Solidarnosc : « Que va faire la France ? » Interrogé, le ministre
des Affaires étrangères (Cheysson) répond du tac au tac :
« Rien, bien entendu », et le Premier ministre socialiste
(Mauroy) surenchérit devant l'Assemblée nationale : « On ne
va pas rajouter au malheur des Polonais privés de liberté le
malheur des Français privés de gaz pour faire cuire leur
bifteck-pommes frites. » Appréciez : le chantage moscovite
au gaz faisait déjà des ravages dans les têtes gouvernantes !
Vingt ans après, un président de droite (Chirac) assène à
Tunis : « Le premier des droits de l'homme, c'est de manger »,
alors qu'il est interpellé sur la liberté bafouée[2]. Sous prétexte de « réalisme », une identique misère mentale affecte
l'élite politique et le corps diplomatique, en conséquence la
France se retrouve fort dépourvue lorsqu'une fantastique
exigence de liberté met à bas hier l'empire soviétique et
aujourd'hui les despotismes arabes. Rien n'y fait.

Cherchez l'erreur. Il est normal de ne pas avoir prévu : par
définition révoltes et révolutions sont imprévisibles, elles

---

2. Le prix Nobel chinois Liu Xiaobo baptise « philosophie du porc » la
politique du « bouffe et tais-toi » des communistes chinois.

prennent les puissants et les tyrans à l'improviste et les populations insurgées elles-mêmes par surprise. Une révolution prévisible n'aurait pas lieu, un jeu combiné de répression et de réformes l'étoufferait dans l'œuf. Reste que « politique russe » et « politique arabe », ces logorrhées parisiennes, ont décrété non pas imprévisibles mais impossibles ces journées qui ébranlèrent le monde.

« La guerre froide est finie ! » n'arrête-t-on pas de me seriner en haut lieu, comme si nous étions entrés de plain-pied dans le paradis des chaises longues, sortis pour de bon de l'ère des guerres et des révolutions. En vérité, la France officielle est retournée à ses rêves d'avant 1940, la tuerie de 1914 finie, la guerre était abolie. « Nous avions secrètement résolu d'ignorer la violence et le malheur comme éléments de l'histoire, parce que nous vivions dans un pays trop heureux et trop faible pour l'envisager… Nous habitions un certain lieu de paix, d'expérience et de liberté, formé par une réunion de circonstances exceptionnelles, et nous ne savions pas que ce fût là un sol à défendre… Nous savions que des camps de concentration existaient, que les Juifs étaient persécutés, mais ces certitudes appartenaient à l'univers de la pensée. Nous ne vivions pas en présence de la cruauté et de la mort, nous n'avions jamais été mis dans l'alternative de les subir ou de les affronter », écrit Merleau-Ponty en 1945.

Paradoxalement, nos engagements sont censés éclairer le monde à condition de l'ignorer. Intarissables sur la gloire ancienne et future de la Grande Nation, les postulants au poste suprême négligent la portion somme toute non négligeable des Terriens qui ne sont pas leurs électeurs. Rien

sur les catastrophes physiques, sociales ou politiques qui
dévastent la planète. Rien sur nos trop fréquentes indiffé-
rences, conditions nécessaires des crimes contre l'humanité.
Pas ou peu de pensée pour les incommensurables mutations
qui, en Inde, au Brésil, en Chine, ont, en trente années, donné
une espérance d'avenir à des milliards de nos semblables, et
modifié sans retour l'équilibre mondial, par là notre vie
quotidienne. Par tradition, les Affaires dites étrangères sont
parfaitement étrangères aux programmes des candidats. Tout
juste si des références éparses à l'Union européenne épicent
des postures, où l'ignorance rivalise avec les effets de
manches. Le destin de la patrie se décide dans les quinquen-
nales ordalies d'un bourg gaulois, où les descendants
d'Astérix disputent d'une recette de soupe aux choux.

En 2007, le candidat Sarkozy surprit, il affirmait que le
meurtre d'un Tchétchène sur cinq par l'armée russe d'une
rare sauvagerie ne constituait « pas un détail » de l'histoire, il
précisait qu'aucun commerce, si juteux soit-il, ne justifiait de
pousser les droits de l'homme dans les limbes : ce n'était,
disait-il, ni moral ni intelligent. « Je ne crois pas à la *realpolitik* qui fait renoncer à ses valeurs sans gagner des contrats. Je
n'accepte pas ce qui se passe en Tchétchénie, au Darfour. Je
n'accepte pas le sort que l'on fait aux dissidents dans de
nombreux pays. Je n'accepte pas la répression contre les
journalistes que l'on veut bâillonner. Le silence est complice.
Je ne veux être le complice d'aucune dictature à travers le
monde[3]. » Je lui fus redevable de remarques aussi rares et je

3. Discours du 14 janvier 2007.

le fis savoir. Las ! Une fois élu, mon champion, celui qui voulait être « le président d'une France qui défende partout les droits de l'homme et le droit des peuples à disposer d'eux-mêmes » rentra dans le rang, des experts « réalistes, ni moraux ni intelligents », lui ayant sans doute démontré que les droits de l'homme ne suffisent pas pour générer une politique. Je souscris à leurs doctes propos, sauf à demander en retour si le mépris des dits droits promeut un avenir planétaire crédible.

Dans quel univers magique se meuvent les ingénus, fussent-ils spécialistes diplômés, qui jugent les droits de l'homme superfétatoires en bonne stratégie ? Pensent-ils sérieusement que le développement de l'économie, et les beaux discours, interdisent les dépravations, abolissent les corruptions et pacifient l'humanité ? Qui se modernise ne se démocratise pas automatiquement. Exiger le respect des droits de l'homme n'ouvre pas des portes supercélestes, mais tente de barricader nos gouffres. Fou et peu réaliste en vérité qui prétend qu'on s'en passe[4].

Double blocage économique

L'immobilisme d'une France tranquille dans un univers qui mute à grande vitesse est l'indice d'une apathie qui gagne la société dans son ensemble. Il suffit de comparer sans préjugés les économies d'Allemagne et de France pour repérer combien le blocage de la vie industrielle et sociale

---

4. Cf., partie II, « Grandeur et misère des droits humains ».

tient au double verrouillage de la droite et de la gauche. Après la Seconde Guerre mondiale, l'abolition, outre-Rhin, du jusqu'au-boutisme en matière de lutte de classes (Bad Godesberg, 1959) permit aux syndicats sociaux-démocrates d'imposer au patronat de successifs compromis gagnant-gagnant.

Ici, sous prétexte de « ne pas désespérer Billancourt » (jadis haut lieu de Renault, donc de la classe ouvrière tout entière), les compromis, non moins inévitables, restèrent boiteux, incertains et fragiles. Dans la longue durée, cette incontournable instabilité affecta moins la grande industrie que les petites et moyennes entreprises, où deux faiblesses s'affrontent – celle des patrons inquiets en permanence, celle des ouvriers et employés en proie à l'arbitraire. En Allemagne, les PME conquérantes et exportatrices se développent. En France, elles traînent la patte, exposées non seulement aux aléas du marché, mais plus encore aux hasards de l'activisme social et politique. La perspective nostalgique, souvent brandie, d'un nouveau Front populaire ou d'un Mai 68 *bis* (qui augmenta le minimum vital de 30 %), ne saurait encourager les investissements, lesquels par conséquent préféreront la Pierre à l'Entreprise. « Ne pas désespérer Billancourt », le slogan n'a pas amélioré le sort de l'ouvrier de Renault comparé à celui de Volkswagen. Il désespéra par contre l'entrepreneur, qui choisit de végéter ou de fermer plutôt que d'aventurer son patrimoine. Devant l'impossible calcul des risques, il devint rentier.

Karl Marx souligne que, loin de se limiter à infléchir la distribution des revenus ou à préparer la prise du pouvoir, la lutte des classes peut susciter l'innovation technique et le développement des forces productives. Puisque depuis la fin de la Seconde Guerre mondiale la méthode pour mener la lutte des classes n'est pas la même sur les deux rives du Rhin, il ne faut pas s'étonner si les perspectives économiques s'avèrent aujourd'hui fort dissemblables. On ne travaille ni plus, ni moins, ni mieux, ni plus mal en France qu'en Allemagne, le lièvre gît ailleurs. Les grandes entreprises, celles du CAC 40, sont capables avec superbe de se projeter aux antipodes, mais les petites et moyennes marinent le plus souvent à l'intérieur de l'Hexagone, empêchées de se montrer aussi voraces et inventives que leurs consœurs germaniques ou transalpines. Le communisme à l'italienne ou la social-démocratie à l'allemande ont moins braqué les PME que le communisme puis le socialisme français. Le petit patron s'est pétrifié dans sa rigidité et l'association Capital-Travail imaginée par de Gaulle demeure parole en l'air, les feuilles de route mortes se ramassent à la pelle. Dans les faits, la dite association fonctionne comme partout mais difficilement, elle hoquette. Résultat du double blocage, une droite craintive donc arrogante plus une gauche agressive parce que faible, l'alliance de l'aveugle et du paralytique tourne plus mal que La Fontaine ne le supposait.

Contre la clochemerlisation des cervelles

Le blocage idéologique est une maladie sénile de l'intelligence autochtone. « Le néocatholicisme d'une part et le socialisme de l'autre ont abêti la France », remarquait, il y a cent cinquante ans, Flaubert, lequel mettait en scène deux personnages clownesques. Bouvard et Pécuchet, accaparés par la construction d'un bureau à double pupitre pour mieux s'entre-copier, pérorer à perdre haleine sur de sublimes sujets de société, l'immaculée conception ou l'avenir de l'humanité et, pour finir, dénigrer d'un commun accord le corps des Ponts et Chaussées, voire s'indigner contre la Régie des Tabacs. Au cinéma, beaucoup plus tard, Don Camillo le curé et Peppone le chef communiste ressus-citeront, sur un mode mineur, ces prises de bec inépuisables autant que stériles. Une élection présidentielle s'évertue à dresser face à face deux France éternelles. Le peuple contre les riches, le pays réel contre l'élite parisienne, l'ordre contre la subversion, les patriotes contre les métèques. Insubmersibles images d'Épinal, étonnons-nous pourtant de leur pérennité.

Nous vivons en démocratie, pas en dictature. Nous existons en paix, pas en guerre civile. Les scrutins se jouent sur les marges. Il suffit que moins de 5 % de citoyens changent d'avis pour que les majorités basculent. Les minces franges qui, en définitive, décident, sont-elles à dédaigner comme le marais des indécis? Ou convient-il de rendre hommage aux citoyens précautionneux, qui arbitrent avec minutie, après avoir pesé le pour et le contre? Ou les deux? Les vainqueurs sabrent le champagne et trinquent immanquablement au triomphe, le leur, de l'authenticité, du bon sens et des vraies valeurs; à l'occasion, ils exultent et célèbrent le « passage de l'ombre à la lumière ». Mais le vertige des lunes de miel se dissipe vite, l'incertitude quotidienne reprend ses droits. La période préélectorale, où le destin hésite, est plus vraie que l'issue des urnes, qui vaut seulement jusqu'à la prochaine consultation – le vote du citoyen lambda n'instaure de définitif que le provisoire, provisoire qu'aucun des camps arc-boutés sur leurs certitudes n'accepte sans réticence.

Au XXIᵉ siècle commençant, les engagements ne sont plus ce qu'ils étaient, sauf un. Le service militaire obligatoire a disparu. La moitié des bébés français naissent hors mariage. Les divorces multiplient solitudes et familles décomposées-recomposées. L'indissoluble lien matrimonial relève du goût de chacun. Seul vestige des fidélités inconditionnelles, l'engagement politico-électoral se voit sanctifié par les credo de gauche ou de droite, il passe pour l'indice d'une carte d'identité morale et mentale. On t'accorde désormais le droit d'hésiter sur le choix et le sexe de ton compagnon ou de ta compagne, mais gare, si tu claudiques entre deux camps! Gare, si tu t'éloignes, un temps ou pour toujours, de ta « famille » politique. Gare, si tu t'avises de retourner les vestes idéologiques. À bon entendeur salut. Les fièvres électorales retombées, les esprits s'apaisant plaisantent de leurs choix et copinent à nouveau, à l'exception de fidéistes purs et durs, « gens plus fades à voir qu'un potage sans sel à humer[1] », qui s'accrochent à leurs exclusives.

Pourquoi tant de tapage ? S'il s'avère qu'au terme des exaltations suffrageuses les combattants se dispersent chacun en compagnie de chacune, pourquoi battre tambour comme au départ de la croisade ? Si nous savons d'avance (habitude aidant) que la lutte finale ne sera pas finale, pourquoi s'équiper pour la der des der, avec tant d'animosité, bloc contre bloc, œil pour œil, dent pour dent ? Une nostalgie inavouée inciterait-elle à mimer les grandes batailles d'antan ? Allons-nous éternellement quérir à Versailles le Boulanger, la Boulangère et le petit mitron ? Cesserons-nous un jour de rejouer la Résistance comme si les CRS étaient des SS, quinze mille Roms des envahisseurs ou les immigrés maghrébins de redoutables sarrasins[2] ? Roland sonne le cor, Ganelon mitonne sa trahison, tandis que nous désignerions pour cinq ans un nouvel empereur sans barbe fleurie. De quoi Sarkozy est-il le nom ? De Pétain bien entendu. Pour qui se prend le bel esprit qui l'injurie ainsi ? Rien de moins, pour l'héroïque colonel Fabien ! D'où viennent tant de hargne et de prétention ? N'allumons-nous pas les sons et lumières d'un passé lointain pour échapper aux chausse-trappes et aux ambiguïtés du présent ?

---

1. Loyse Labbé.
2. Cf., partie II, « Halte aux fanatismes ».

Qu'arrive-t-il à l'escargot humain désireux d'entrer dans sa coquille ? Il se raconte une histoire et s'entortille en elle. Aussitôt, magie des légendes dorées, le monde extérieur s'évanouit. Une campagne de propagande à la française ne se remporte pas par le monopole du cœur, mais par celui de l'histoire. Giscard parut l'ignorer, Mitterrand non. Depuis, les candidats s'arrachent des lambeaux de réminiscences scolaires, la gauche soudainement se fleurit de fanions tricolores, la droite commémore les pages de gloire jusqu'alors confisquées par sa rivale héréditaire. La célébration intempestive des lieux de mémoire garantit aux concurrents d'évacuer l'actualité. À chaque présidentielle, la France visite le musée Grévin qu'elle est tout entière devenue.

À la fin du XXᵉ siècle, les dissidents de l'Europe de l'Est redécouvrirent l'incertitude qui fonde les démocraties, incertitude qu'ils baptisèrent « solidarité des ébranlés ». Entendez ébranlés intellectuellement plus encore que socialement et politiquement. « Ébranlés dans leur foi en le jour, la "vie", la "paix" », écrivait Jan Patočka, philosophe tchèque dans ses *Essais hérétiques*. Après Orwell, la dissidence anticommuniste relevait combien les valeurs les plus pures avaient alimenté les pires propagandes. La mobilisation pour la paix préparait les guerres ; la lutte pour l'égalité nourrissait les despotismes et la recherche du bonheur pour tous couvrait le malheur de chacun. Puisque les sacrosaintes idéologies d'antan avaient démissionné, contaminées par les fureurs génocidaires, seule restait au dissident sa conscience individuelle, s'acceptant solitaire pour s'essayer solidaire[3]. Pareille expérience d'un renversement radical des valeurs fut esquivée par les saintes familles théologico-politiques d'Europe occidentale. Chaque présidentielle se gargarise de « valeurs » supposées infaillibles que chaque bulletin d'information dévoile infiniment équivoques et trompeuses.

---

3. Cf., partie II, « Une révolution philosophique douce ».

L'esprit de famille :
propos d'un apostat

Par une exception très française, nos choix politiques sont empreints d'un parfum fortement familial et religieux. L'heureuse inclination stendhalienne à s'affirmer athée en politique demeure le lot de *happy few* et reste incomprise. La France, laïque, sceptique, désabusée et fière de sa liberté d'esprit donne tête la première dans les patenôtres profanes d'une religiosité politique. J'en fis très volontairement l'expérience à la suite d'un article publié dans *Le Monde*, où, face à deux candidats, j'exprimais ma préférence pour celui de droite. Redoublant le blasphème, je pris la parole à Bercy, lors de son ultime meeting de campagne, adjurant Nicolas Sarkozy de respecter les engagements qu'il avait pris pour les droits de l'homme et la liberté dans le reste du monde. Le couperet de l'excommunication tomba à la vitesse de la foudre : au téléphone, mon ami, de et pour longtemps, Daniel Cohn-Bendit, « libéral-libertaire » comme il se définit lui-même, contestataire en chef de Mai 68, s'égosille. Avant lui, après lui, se relaient les Robespierre de la pensée correcte. Me voilà renégat et relaps, prisonnier du dernier Cercle, relégué dans l'abîme le plus profond de l'enfer, où Judas côtoie Brutus et Cassius, le délateur du Christ et les assassins de

César. La théologie politique (Dante se réclamait du césaris-
me) ne se montre pas plus tendre que la théologie révélée.

Difficile d'expliquer à un non-initié l'immensité du crime.
Délinquant hier, récidiviste aujourd'hui, nulle remise de
peine n'est possible. En 1974, ô comme le temps passe!,
j'avais écrit: « Le marxisme rend sourd et aveugle. »
Intellectuel de gauche, juif et résistant-par-héritage, j'interro-
geais la filiation totalitaire et les oripeaux idéologiques qui
courent des camps communistes (Goulag) aux camps
d'extermination nazis. Certes, je me vis accusé de fourguer
des armes à l'ennemi, vendu que j'étais à la CIA (en bonne
compagnie, celle de Simone Veil dans les pages de
L'Humanité), mais tant d'autres avant moi connurent
l'honneur de cet opprobre. Certes, la défense de Soljenitsyne
et de la dissidence antisoviétique m'avait promu « agent de la
réaction », mais à la longue, rien là qui ne puisse être rédimé.
Bien vite, nombre de gens de gauche s'interrogèrent sur une
cécité marxiste très partagée, mes brûlots virèrent aux best-
sellers et le Goulag en cliché. Mauvaise passe à nouveau
pour votre serviteur, lorsque la gauche pacifiste entonna
« plutôt rouges que morts », refusant l'installation de
Pershing II américains propres à dissuader les SS20
soviétiques; cette fois le pardon tomba du ciel, « Tonton »,
intercesseur miraculeux, me donnant raison: ni rouges ni
morts. Nouvelle récidive: lorsque j'appelai, avec deux amis
(Pascal Bruckner et Romain Goupil), à renverser « de gré ou
de force » le sanguinaire Saddam Hussein, d'autant que
l'affreux boutefeu que je suis ne fit et ne fait aucune
repentance subséquente. Je vous évite la liste des offenses à

la conduite à gauche, dont je balise existence et écrits. Au final, toutes péchés véniels.

L'impardonnable advint en 2007. Préférer ouvertement le candidat de droite à la candidate de gauche vaut blasphème. Irrécupérable. Si à tes risques et périls universitaires, tu réfutes l'idéologie dominante de tes pairs, si tu soutiens contre vents et marées une offensive, « impérialiste » aux yeux de la majorité des concitoyens, tu n'en restes pas moins discutable et discuté. Mais dépose publiquement un bulletin malséant dans l'urne d'un jour, et te voilà maudit. Les lignes blanches, jaunes et rouges sont franchies, la bien-pensance siffle la fin de partie. Peu importent donc les déboires du matérialisme dialectique. L'horizon du marxisme n'a jamais été indépassable, mais la gauche, elle, l'est. Hors du sérail, point de salut.

Belle occasion pour évoquer mon maître et ami Michel Foucault, expert s'il en est dans l'art délicat et savant du haussement d'épaules. Nous avons convenu au sortir des tonitruances marxistes, dans les années soixante-dix, de ne nous engager qu'au cas par cas, nous disions au coup pour coup. Afin, non pas d'éviter de trop humaines erreurs et très probables errances, mais dans l'espoir de n'y point persévérer par zèle partisan ou esprit de clocher. Tant pis pour les suiveurs, « ne me demandez point qui je suis et ne me dites pas de rester le même : c'est une morale d'état civil, elle régit nos papiers. Qu'elle nous laisse libres quand il s'agit d'écrire. » Engagé à l'occasion, embrigadé non merci.

Ma mésaventure, cocasse au demeurant, n'avait rien d'imprévisible, je l'avais d'avance assumée et précisai d'emblée : « Je n'entre pas en religion. » Pas question de coller à quelque catéchisme présidentiel, j'en connaissais les embûches et les limites, les sorties du candidat sur l'immigration ou Mai 68 n'avaient rien pour me plaire, je ne cautionnai aucunement l'ensemble d'un parcours passé et à venir. J'ai pesé les deux options qui s'offraient à tous les citoyens et publiai mon choix. Non par souci d'efficace – n'exagérons pas le poids d'une tribune dans un grand quotidien – mais par hygiène mentale.

Je trouve pitoyable de présumer que tout intellectuel (ou assimilé) soit par nature de gauche sous peine de disqualification. Foin de la religion politique ! Je voulais en sortir et récuser son postulat numéro 1 : ton vote est profession de foi, procède à la présidentielle comme au jugement dernier, imite le grand Sartre qui, bien qu'adorateur avoué de Flaubert, Baudelaire et Mallarmé, ne cessa d'instruire leur procès : coupables ! Ces immenses écrivains avaient sauté le pas, coupables de récuser la voix du peuple, coupables parce que ni apôtres ni sauveurs suprêmes.

J'ai pour ma part un souhait à formuler : que l'on vote sans dogme et sans Église. L'individu démocratique a non seulement le droit, mais le devoir d'hésiter. Il peut à bon escient même ne pas voter si, après examen, les alternatives demeurent confuses ou indéchiffrables. Face au zélote qui sait ce que « bien voter » veut dire, l'abstention n'exprime pas forcément désintérêt et misère mentale. De chacun selon son jugement personnel, à chacun selon l'ultime option collective. Non pas que la majorité ait toujours raison, elle règne jusqu'au scrutin suivant et sous bénéfice d'inventaire.

La règle majoritaire exclut l'infaillibilité de l'ego individuel comme celle du collectif. Parce qu'on ne vote ni ne pense une fois pour toutes, je ne me lasse pas de l'adage de Churchill : la démocratie s'avère pour les mortels erratiques « la plus mauvaise des solutions à l'exclusion de toutes les autres ».

Vers le coup d'État mental

Comment s'en sortir, quand le préjugé des uns s'autorise du préjugé des autres? La gauche a raison contre la droite et la droite n'est pas sans raison contre la gauche, chaque camp se rengorge et se referme à épingler les dogmes surannés d'en face. L'hypothèse rénovée d'un tiers centriste réunissant les bonnes idées des rivaux échoue immanquablement, car elle ne tient aucun compte de l'obstination à tête de mule qui cimente chaque bloc. L'addition de bienveillantes suggestions ne peut suffire si on ne brise pas au préalable le béton idéologique des familles engoncées dans le bien qu'elles pensent d'elles-mêmes. C'est seulement de l'intérieur qu'un impertinent peut casser le carcan.

La France ne saurait s'émanciper sans coup d'État mental. Sarkozy en 2006-2007 l'a tenté qui prit à contre-pied les lieux communs pseudo-gaullistes: droits de l'homme contre *realpolitik*, ouverture à gauche contre verrouillage entre compagnons, réforme plutôt que tradition, droit du sol contre droit du sang… Il dit: « Je demande à mes amis qui m'ont accompagné jusqu'ici de me laisser libre, libre d'aller vers les autres, vers celui qui n'a jamais été mon ami, qui n'a jamais appartenu à notre camp, à notre famille politique, qui parfois nous a combattu. Parce que lorsqu'il s'agit de la

France, il n'y a plus de camp[1]. » Le « petit Français au sang mêlé » promettait la rupture avec des décennies de stagnation. L'échappée avait du panache, je l'ai soutenue. Il prononça de magnifiques discours (je crois à la valeur des discours en démocratie). Je n'ai pas changé d'avis, par contre le candidat devenu président, trop souvent, si.

Rupture de la rupture, l'ouverture est close. Durant ces dernières années, qu'il s'agisse de Poutine, Hu Jintao, Ben Ali, Moubarak, Kadhafi... la raison du plus fort était redevenue la meilleure, la défense des démocrates et des persécutés tomba aux oubliettes – pas un mot pour Khodorkovski ou Liu Xiaobo, trop de petits plats dans les grands pour la lie des autocrates. Tout ne fut pas noir cependant. Il y eut la libération des infirmières bulgares des griffes de Kadhafi, la fermeté face à l'Iran nucléaire, le replâtrage rapide de l'Union européenne (traité de Lisbonne), la lente réconciliation avec le Rwanda, l'interposition du président de l'Europe quand les tanks russes dévalèrent en Géorgie et l'asile accordé à quelques Tchétchènes en extrême danger. Un beau réflexe encore : lorsque Nicolas Sarkozy, par l'entremise de Bernard-Henri Lévy, reçut les représentants des insurgés libyens et proposa, solitaire, de stopper, par des moyens militaires *ad hoc*, la contre-attaque du tyran afin de protéger les civils. Bravo, encore bravo[2] ! Il y eut malheureusement l'indifférence qui ensevelit dans un silence opaque tant de combattants pour la liberté, les condamnés à mort en Chine,

---

1. 14 janvier 2007.
2. Cf., partie II, « Pourquoi nous combattons ».

les dizaines de milliers de prisonniers de conscience caucasiens, russes, arabes, tibétains et chinois. Abandonnés par ceux qui juraient « faire de nos ambassades des maisons des droits de l'homme ». Le coup d'État mental promis s'est dissous dans une dérive de coups de tête quelquefois sympathiques, parfois dérisoires.

D'accord. La tâche n'est pas aisée. D'autres francs-tireurs se cassèrent les dents à tenter de déverrouiller leurs chapelles respectives, Chaban-Delmas avant Sarkozy, Rocard avant Delors, quitte à se retirer ou capituler. Flaubert les invitait à ne pas désarmer, à la longue ses « deux imbéciles acquirent la faculté pitoyable de voir la bêtise et de ne plus la tolérer ». Le communautarisme profane et politique, rivalisant d'invectives ossifiées, est promis à décrépitude. C'est du moins mon pari. Naguère, dans la moindre bourgade, les jeunes gens s'affrontaient à la sortie des bals bien arrosés du samedi soir, blancs contre rouges, grenouilles de bénitier contre bouffeurs de curés. Aujourd'hui, les campagnes électorales provoquent d'analogues pugilats réduits aux plateaux de la télé et aux algarades des repas dominicaux. Même si le ridicule ne tue plus, il peut fatiguer des citoyens qui découvrent chaque jour combien le monde change. Même s'ils redoutent les dérives islamistes et communautaristes à domicile, les Français ont eu honte de voir le « pays des droits de l'homme » se noyer dans les bégaiements de sa diplomatie lorsqu'à Tunis la jeunesse révoltée s'emparait de la rue pour mettre le feu à la plaine arabe en criant « liberté ! ». Réapprenons à contempler la dure, surprenante, paradoxale réalité sans nos œillères anachroniques. Rien n'est perdu. Le réveil des printemps arabes prouve combien les droits de l'homme sont devenus exigence universelle. Et l'intervention aérienne en Libye au nom de la « nécessité de protéger » les civils contre les massacres ourdis par leur dictateur montre que même l'ONU peut finir par entendre. Le monde quelques fois retire ses pantoufles !

Après Marx, quoi ?

La chute du Mur introduit la chute de Marx. En moins d'une poignée d'années, délai très bref dans l'histoire universelle, la référence à l'incontournable auteur du *Capital* devint obsolète. Les pour et les contre se retrouvèrent orphelins, qui d'un maître à penser, qui d'un épouvantail. Le cours du monde a déserté l'idéal révolutionnaire d'une « propriété collective des moyens de production ». Tandis que l'hypothèse communiste occupe encore les passe-temps d'universitaires chenus et les loisirs de quelques séminaires huppés, des milliards de Terriens, en Inde, en Chine, au Brésil se découvrent sujets et objets d'une mondialisation qui chamboule tout sur son passage. Pour le meilleur : une croissance jamais vue sur des continents condamnés jusqu'à hier à la stagnation d'une misère millénaire. Pour le meilleur encore : la formidable quête d'émancipation individuelle exigée par des millions et des millions d'hommes et de femmes. Pour le pire également avec les fabuleux rackets d'autocrates et dictateurs locaux ou continentaux fossilisant des sujets parfois tenus en servage et en esclavage, toujours maintenus dans la corruption et le silence forcé. Pour le pire derechef, puisque la crise économique, la plus grave depuis 1929, affiche le désarroi des élites et l'ignorance des spécialistes pris au dépourvu. L'ensevelissement de Marx et du marxisme n'a pas rendu spontanément plus intelligent.

Il y a peu, ouvrant une enquête ronflante : « Après Marx, qui ? », *Le Monde* lançait la quête aux maîtres-penseurs de substitution. À charge pour foison de candidats d'énoncer quel « Système » gouverne la réalité de la cave au grenier et quelle table rase viendra tout changer. Faute d'héritiers crédibles pour le Père de la Doctrine, le brouillard gagna les esprits et les débats se ratatinèrent avec la rapidité d'un soufflé essoufflé. Empruntés ou pillés sans vergogne, concepts et slogans battaient la campagne : crise de civilisation, perte des valeurs, dictature de la finance, mur de l'argent, consommation consumante, marchandisation – autant de supports obligés lubrifiant des indignations passe-partout.

Après Marx, qui ? Excusez, je préfère interroger – après Marx, quoi ? Puisque l'horizon indépassable de la révolution prolétarienne a épuisé ses charmes et perdu ses couleurs, quel monde apparaît brutalement sous nos yeux effarouchés ? La guerre froide à peine enterrée, deux théories firent florès. Aussi fausses l'une que l'autre. Non, nous ne vivons pas une « fin » de l'histoire, de ses drames sanguinaires et de ses violences génocidaires. Non, nous n'affrontons pas davantage un « choc de civilisations », car la mondialisation en cours écartèle toutes les civilisations, toutes les cultures, toutes les religions en place, à preuve ce supposé « monde musulman » qui ne cesse de s'entre-déchirer par le fer, le feu et les bombes humaines, en attendant qu'explosent de réjouissantes révolutions populaires. Une fois écarté le voile des simplifications doctrinaires, force est de repenser les épouvantes et les espérances du monde tel qu'il est.

La chape de plomb idéologique désagrégée, aucune contrée ne peut s'exonérer d'un dur travail de remise en question. Même les démocraties qui échappèrent, tant bien que mal, à l'hégémonie marxiste voient s'effondrer leurs équilibres traditionnels, politiques et spirituels, ainsi l'Italie de la démocratie chrétienne ou le Japon des conservateurs longtemps dominants. Censurées naguère au nom de la guerre froide et de l'union contre l'ennemi commun, les affaires crapuleuses et mafieuses éclatent en plein jour, éclaboussant élites et institutions. Eu égard à l'extrême ubiquité de la nouvelle mondialisation, la libre circulation des capitaux s'accompagne de la porosité générale des frontières en matière d'argent sale, de drogue, d'activité criminelle et de commerce des matières fissiles. Aucune démocratie n'était préparée à pareille subversion de ses mœurs et de ses lois. Aucune n'est immunisée.

L'après-Marx n'introduit nullement aux pâturages paisibles et translucides où des créatures solaires se déprennent *hic et nunc* des pulsions qui, dès l'invention du feu, les poussent à s'incendier les unes les autres. N'allons plus quérir le timonier du genre humain, aucun gourou n'offre de salut garanti au troupeau ébloui de ses admirateurs. De Karl retenons l'aveu qu'il n'était « pas marxiste » et le conseil unique qu'il prodiguait à sa fille : « Doute de tout. » Donc, après Marx, qui ? Descartes et avec lui Montaigne, Stendhal, Flaubert, Proust, Shakespeare ou tant d'autres aussi peu enclins au sacrifice de l'intelligence. Donc, après Marx, quoi ?

La planète désenchantée, où individus et peuples inventent bonheurs et malheurs.

*
* *

Chers orphelins de l'après-Marx, ne cultivez pas la nostalgie de l'« hypothèse communiste » ou du « spectre de Marx ». La littérature se révèle plus vraie et plus critique que les philosophies. « Un spectre hante l'Europe – c'est le spectre du communisme », le prélude tonitruant du *Manifeste* de 1848, s'il rend inconsolables les endeuillés, témoigne d'un vaste contresens. Face au spectre du père exigeant sur-le-champ vengeance dans le sang, Hamlet vaticine, il s'interroge. Hegel décréta l'hésitation du fils typique de l'intellectuel, cette « conscience malheureuse » qui toujours recule devant l'action quand la vérité commande. Le zéro pointé infligé au prince d'Elseneur par le maître à penser de la philosophie allemande court jusqu'à Lénine, et au-delà : haro sur l'impuissance « petite-bourgeoise » qui lâchement balance d'un côté puis de l'autre !

Et si le spectre du Devoir incarné, fût-il paternel, méritait quelque réticence ? Et si Hamlet, jeune érudit de la Renaissance, avait raison de mettre en doute la voix pousse-au-crime ? Et si Marx, tenant pour infaillible l'injonction du Spectre, prenait l'exact contre-pied de Shakespeare ? Que reprochent les Lumières à l'Abraham de la tradition, sinon de refouler les délibérations d'Hamlet en négligeant de s'interroger sur la voix céleste : qui parle ? qui ordonne l'infanticide ? « Lui paraîtrait-elle (la voix) venue de Dieu lui-même (comme l'ordre donné à Abraham d'abattre son propre fils ainsi qu'un mouton), écrit Kant, il est tout au moins possible qu'il y ait dessous quelque erreur, mais alors il oserait cet acte au risque de faire quelque chose qui serait au plus haut point injuste, et c'est en cela précisément qu'il agit sans conscience[1]. » De nos jours, pour supposer que des « versets sataniques » aient été glissés dans le Coran dicté à Mahomet, Salman Rushdie fut condamné à mort par l'ayatollah Khomeiny. Et René Girard d'ironiser : « Après quatre siècles de rumination incessante, le fait qu'Hamlet hésite un tantinet devant l'assassinat nous paraît si aberrant que tous les jours de nouveaux ouvrages sont écrits pour en percer le mystère. Quand ils essaieront d'expliquer ce curieux flot de littérature critique, nos descendants devront supposer que jadis, au XXe siècle, au premier signal de quelque fantôme, le moindre professeur de littérature était capable de massacrer toute sa famille sans sourciller le moins du monde. » Méprisant le scrupule d'Hamlet, brandissant la parole des spectres inspirés, la formule à l'emporte-pièce qui inaugure le *Manifeste du Parti communiste* a fait vibrer des générations, mais ne mérite qu'un brin de stupeur. Marx croyait-il aux fantômes ? La vérité sortirait-elle de la bouche des zombies ?

Le défi que releva très tôt la littérature fut moins celui d'un communisme charmeur d'innocents que l'inquiétant

---

1. Emmanuel KANT, *La religion dans les limites de la simple raison*, Paris, Vrin, 2004.

nihilisme qui lui colle aux basques. Découvrant que le Père Ubu se faufile derrière le conducteur des peuples, fût-il Napoléon et son code civil, des écrivains poussèrent plus avant leur mise en cause. Flaubert consacre son œuvre entière à traquer le goût du néant insidieux et omniprésent qui taraude la jeunesse révolutionnaire (*L'éducation sentimentale*), habite la société bourgeoise (*Salammbô* peint Carthage et par la bande la France de Napoléon III), égare et aliène la consommatrice consumée (*Madame Bovary*) et pervertit la belle âme (*La tentation de saint Antoine*). Pour d'autres portraits du nihiliste-roi, consultez Pouchkine, Lermontov, Tchekhov, Dostoïevski et les nouvelles du jour.

Admirable connaisseur des écrivains russes et français, Nietzsche, dans « Les trois métamorphoses[2] », en présente les intuitions fondamentales et distingue les trois figures où se profile un avenir nihiliste :

– Le nihilisme passif du chameau, qui prend sur son dos les péchés de l'histoire, s'agenouille et déclare forfait. Ne voit-on pas là le destin de notre Europe ?

– Le nihilisme actif du lion, héros de la volonté de puissance. Image de la Chine émergente ?

– Le nihilisme accompli, celui de l'enfant qui joue, sans obligation ni sanction, censé incarner la fin heureuse de l'histoire. Ici, Nietzsche idéalise encore à la manière de Hegel et de Marx. À nous de demander si l'idyllique « innocence du devenir » ne masque pas une volonté de nuisance homicide et parfois suicidaire dont témoignent les massacreurs de

---

2. Friedrich NIETZSCHE, *Ainsi parlait Zarathoustra*, livre I.

populations, Kadhafi en Libye, les généraux russes au Caucase... mais aussi les tueurs du 11-Septembre : les angéliques poupons nietzschéens peuvent grandir démons dostoïevskiens.

Vous avez intellectuellement adoré le communisme, vous goûterez encore davantage, je le crains, le postmoderne nihilisme.

II

Ma feuille de route : athée en politique

Voici quelques articles pêchés presque au hasard parmi une multitude d'autres. À quoi sert-il d'écrire dans les journaux ? Les officiels n'ont pas le temps et les doctrinaires pas l'esprit de s'en soucier. Restent les amis anonymes auxquels ces quelques cailloux blancs rappelleront un petit poucet graphomane. Certains moins amicaux apprécieront, je l'espère, ma persévérance dans l'erreur de n'être pas toujours d'humeur *peace and love*.

Je vous épargne les innombrables feuillets publiés, entre cinq cents et mille, consacrés depuis 1994 à l'honneur, au courage et au martyre des femmes, des enfants et des hommes tchétchènes. Je vous en livre deux ou trois. Excusez-moi, durant quatorze ans je fus à peu près seul à briser en continu un mutisme européen et mondial.

Je vous fais grâce de la longue campagne minoritaire, nous étions une poignée, contre la guerre installée au cœur du vieux continent par l'autocrate Milošević. Je vous évite les analyses sur le génocide des Tutsis du Rwanda, les dix ans de massacres islamistes en Algérie, l'abandon du commandant Massoud en Afghanistan, le 11-Septembre, l'Irak, l'Iran, etc.

Les textes ici recueillis ne sont que témoignages parcellaires et récents d'une lutte contre l'indifférence, la lâcheté et les silences majoritaires, combat individuel, donc jamais exhaustif, qui depuis Socrate constitue l'essentiel du travail intellectuel. Simone Signoret disait : « Nous sommes des pense-bêtes. »

André Glucksmann,
Paris, mars 2011

1

Droits de l'homme et réalité

Grandeur et misère des droits humains

Vous souvenez-vous ? C'était il y a à peine dix jours, aussi vite oublié que fêté, nos autorités se sont répandues en élégies et le public a essuyé un soupir avant de hausser les épaules. Célébration des soixante ans de la Déclaration universelle des droits de l'homme : les États se sont congratulés et félicités d'agir dans le bon sens et les protestataires se sont adulés protestataires en constatant combien on était loin du compte. Et chacun de rempiler, gardant copie des discours d'éloge ou de deuil qui resserviront tels quels dans dix, vingt ou trente ans, lorsqu'on constatera une nouvelle fois, pour un nouvel anniversaire décennal, que les droits de l'homme émeuvent mais ne règnent pas.

Les naïfs qui célèbrent et les cyniques qui optent pour la *realpolitik* sont victimes d'un identique analphabétisme. Ils ignorent, ou feignent d'ignorer, que la fastueuse déclaration universelle fut précédée – à un jour près – de la définition non moins universelle du crime de génocide. D'un côté, l'universalité positive et bienheureuse des « droits » ; de l'autre, l'universalité négative de l'horreur absolue. Qui fonde l'autre ? Ce n'est pas parce qu'on ignorait les droits de l'homme qu'Auschwitz fut possible. C'est parce que Auschwitz fut découvert possible qu'on s'accorda sur des devoirs universels censés éviter la reproduction d'un tel désastre. Soixante ans plus tard, trou de mémoire : nul n'emprunte plus cette *via negativa* qui instaure l'exigence du droit en se réclamant non pas d'une bonne image de l'homme mais d'une sale image de l'inhumanité intégrale.

Rien n'est réglé. La légitimation négative du droit universel court toujours. Le XXe siècle se clôtura sur un nouveau génocide, celui des Tutsis du Rwanda, près d'un million d'hommes, de femmes, d'enfants furent exécutés à la machette en trois mois. Un an après ce record absolu de célérité et de sauvagerie, le secrétaire général de l'ONU, qui n'avait rien tenté pour enrayer la spirale du massacre, se vantait d'être la « conscience du monde », offrant ainsi le spectacle hallucinant d'une indifférence triomphante. Demandez ce qu'il en est aux habitants du Kivu qui en subissent depuis les métastases sans répit. L'actualité ne cesse de se manifester massacreuse, preuve ces derniers jours par le Caucase, le Darfour, le Zimbabwe, *et cetera*. L'absence de droits de l'homme tue.

S'agit-il uniquement d'accidents anecdotiques qui désolent les banlieues du monde ? C'est ce que tentent de nous faire croire les realpoliticiens qui parient sur une paix et un équilibre planétaire instaurés par des puissances égoïstes et peu soucieuses des droits humains, mais rendues sages par souci de leur autoconservation. Aucun « réalisme » pourtant n'étaye pareil pronostic d'harmonie préétablie.

Considérons la Russie de M. Poutine, laquelle se fiche royalement des droits de l'homme tant au Kremlin que, sondages à l'appui, dans une population fatiguée par soixante-dix ans de communisme et bercée par des médias monocolores. Vous rassure-t-elle cette grande puissance aux portes de l'Union européenne, dont les tanks franchissent des frontières internationales pour annexer en toute impunité deux provinces géorgiennes ? Vous tranquillise-t-il, ce réseau, qu'à force d'intimidation, de propagande et de corruption (bon appétit M. Schröder !), Gazprom tisse autour de l'Union européenne pour s'assurer le monopole du gaz et du pétrole ? Vous paraît-il rassurant que l'Europe se retrouve esclave du bon vouloir énergétique d'une autocratie que nul ne contrôle ? Et si la crise mondiale faisait fondre les montagnes de pétro-roubles (70 % du budget russe), serait-il inimaginable que les patrons de la deuxième puissance militaire mondiale tentent de se refaire une fortune avec brutalité décuplée ? À l'intérieur certes c'est déjà bien parti, mais à l'extérieur également. La formidable puissance de nuisance de la Russie, sa capacité de parrainer non seulement Chavez et les narco-marxistes d'Amérique du Sud, mais aussi bien la Corée du Nord, l'Iran et ses bricolages nucléaires, peut prendre la paix du monde en otage. Le chantage, si fructueux dans les années 1990-2000, risque de se reproduire : ou bien le FMI renfloue Moscou craintivement et sans conditions, ou bien tout et n'importe quoi peut arriver. Rappelez-vous Eltsine ivre mort triturant sa mallette nucléaire en 1998... On peut imaginer mise en scène plus subtile, mais pas moins inquiétante.

Considérons la Chine. Rien de comparable à la Russie, sinon un même mépris, hérité du totalitarisme rouge, pour les droits de l'homme. Son incommensurable miracle économique rend l'empire du Milieu positivement solidaire de l'économie mondiale. Sa volonté de puissance (à la différence de la volonté de nuisance russe) calcule sur des décennies, elle a tout intérêt à ce que la crise financière, qui emporte l'Orient comme l'Occident, se résorbe le plus vite possible. Est-ce à dire qu'un milliard et demi de nos contemporains peuvent allégrement se passer des libertés fondamentales d'opiner, de s'exprimer, de contester? Aucunement. La peine de mort bat des records mondiaux et les balles des pelotons d'exécution sont facturées aux familles des condamnés. La plupart des ouvriers sont soumis au servage. Et les paysans dépossédés se retrouvent baladés et corvéables à merci. Il y a plus, l'incroyable progrès technique s'accompagne de risques et de dangers pandémiques, qu'une bureaucratie pharaonique, sans frein, parvient très difficilement et très tardivement à juguler: le sida peut submerger une province entière sans réaction officielle pendant plus d'un an, les empoisonnements massifs aux toxines bénéficient d'une indifférence coupable et passent les frontières, les écoles enterrent les écoliers au moindre séisme quand les promoteurs corrompus prospèrent.

Depuis 1917, l'essor technologique passe pour justifier la main de fer du despotisme communiste – « l'électrification plus le pouvoir des soviets ». On oublie trop que Tchernobyl signa la fin de l'URSS, preuve *ad oculos* qu'une bureaucratie exemptée de tout contrôle public, sans respect du « matériel humain », constitue un danger planétaire. L'absence de droits de l'homme en Chine porte, en elle, la menace de désastres insoupçonnés.

Le comble de l'ingénuité est atteint, si on imagine circonscrire dans les frontières des pays despotiques les déplorables effets de régimes sans foi ni loi. Non seulement les douanes ne stoppent pas les nuages nucléaires, les bactéries, les virus et autres épidémies, mais, à l'ère de la globalisation, le crime et la corruption passent les frontières, les mafias essaiment quitte à phagocyter des démocraties fières de leur ancienneté. L'Anglais Misha Glenny (*McMafia, crime without frontiers*) a étudié l'extension, infra- et super-étatique, du marché « gris » des conduites et des ressources délictueuses : il atteint pour l'instant 20 % du commerce mondial. Voilà une réalité pourrie que les adeptes de la *realpolitik* veulent ignorer : sous le soleil noir de l'absence du droit, les monstres prolifèrent.

La toute-puissance politique du despotisme et la toute-puissance de la technique ultramoderne demandent à être bridées par des opinions libres. Les politiciens et les idéologues autoproclamés « réalistes » qui relèguent les droits humains en « supplément d'âme » sont calamiteusement surréalistes. Ces droits sont les conditions de notre survie. Ils introduisent moins à un monde meilleur qu'ils ne barricadent les portes des enfers[1].

---

1. 14 décembre 2008, *Corriere della Sera*, 29 décembre 2008, *Libération, El País...*

Loin dans l'infini s'étendent de grands prés marécageux

De Cracovie à Oświecim, où loge le camp d'Auschwitz, la route longe la Vistule, à perte de vue la neige monotone a blanchi et dissimulé les marais sans fin. On passe l'usine chimique où s'épuisaient les déportés classés valides, il fait beau et froid, un soleil flamboyant illumine la banquise puis rapidement disparaît, laissant chacun à ses pensées. Je songe à Fred, qui fut un grand frère pour moi. Il a dix-sept ans, j'en ai cinq, lorsqu'il part pour l'Autriche organiser la résistance antinazie. Je ne l'ai jamais revu. Arrêté à sa descente du train, en gare de Vienne, il est torturé, expédié à Auschwitz comme un bout de viande, il s'échappe et se voit rattraper par des mômes de son âge engagés dans les *Hitlerjugend*, qui l'enferment puis l'oublient. Fred périt sur cette terre désolée en buvant son urine.

En 1967, le temps d'une promenade, le poète Paul Celan avait fait goûter au philosophe Heidegger les charmes ensorcelés de semblables paysages marécageux et glacés, espérant susciter chez le professeur allemand quelque retour sur soi. Échec. Le penseur, qui avait régulièrement payé ses cotisations au parti nazi de 1933 à 1945, renvoya le poète à des souvenirs qui n'étaient pas les siens : la star des universités contemporaines estimait que l'« agriculture mécanisée » et les camps de la mort étaient la « même chose » – entendez : un effet du règne mondial de la technique ; il n'éprouvait ni tristesse ni regret, aucune responsabilité particulière. Un aussi souverain détachement s'avère aujourd'hui des plus partagés, quand bien même les subtilités philosophiques (identification des moissonneuses-batteuses et des chambres à gaz) restent ignorées du grand nombre.

Peut-on commémorer Auschwitz sans geler sa tragique histoire, comme le vestige d'une époque lointaine, enfouie et enfuie ? Ainsi s'interrogeaient après les cérémonies annuelles, comme tant d'autres avant eux, des intellectuels inquiets, pour la plupart polonais et catholiques, en compagnie de Jerzy Buzek, pésident du Parlement européen. Réitérant la question qui taraudait Jean-Paul II – comment refonder les droits de l'homme après Auschwitz ? –, ils retrouvaient le défi le plus radical qui ait ébranlé la culture européenne. « Nous voilà revenus à l'an mil », écrit Sartre en 1945. Avant, « chaque homme était à l'abri dans la foule ». Après la révélation d'Auschwitz et d'Hiroshima, « chaque matin nous serons à la veille de la fin des temps ». La capacité intime d'exterminer jusqu'au génocide, la capacité matériel-le de l'arme absolue projettent l'espèce humaine dans l'horizon indépassable de son autodestruction.

Photographiant et se photographiant, plus d'un million de visiteurs font chaque année le voyage d'Auschwitz, écoles, familles et solitaires mêlés. Les uns ignorent et se rensei-gnent, les autres vérifient, certains prient. Malgré leur émotion et leur bonne volonté, ils risquent de repartir aussi démunis qu'à l'arrivée. Pas facile d'imaginer l'inimaginable quand on existe à des années-lumière, nourri, blanchi, bien élevé. Les personnes les plus ébranlées qu'il m'ait été donné de rencontrer après leur visite du camp étaient deux étudiantes, l'une rwandaise et tutsie, l'autre tchétchène, Annick et Milana. Ayant échappé de justesse à la cruauté exterminatrice, le crime des nazis résonnait en elles, il réveillait leur rencontre avec l'inhumain[2].

N'évoquons pas Auschwitz comme s'il s'agissait d'une affaire close, ne visitons pas ce haut lieu comme un musée des horreurs, le mausolée d'un passé dépassé. Et s'il faut proférer « jamais plus ! », que ce soit à titre d'engagement, oui ! À titre de constat, certainement pas ! Le XXe siècle se termina sur le génocide accompli des Tutsis du Rwanda, mené à une vitesse éclair, au vu et au su de la planète entière, les journalistes internationaux officiaient sur place, le général Dallaire à la tête des Casques bleus de l'ONU informait heure par heure, fax sur fax, Kofi Annan, son supérieur à New York. Il suppliait qu'on lui envoie des renforts et lui donne le droit d'intervenir. Rien n'y fit. La France avait mal choisi ses amis et la conscience du monde était aux abonnés absents. L'Église aussi, qui n'eut pas de mots pour arrêter les assassins dans un pays du « Christ-Roi », où victimes et bourreaux étaient de fervents catholiques. Résultat : dix mille civils exécutés par jour, trois mois durant, femmes et enfants d'abord. La logique auschwitzienne de la destruction totale d'un peuple fonctionnait derechef. Avec l'illogique indifférence qui en fait le lit. Extermination des Juifs d'Europe, extermination des Tutsis du Rwanda, ne croyez pas ces affaires classées. Il y eut le Cambodge des Khmers rouges, il y eut Srebrenica. Les pulsions génocidaires sévissent au Caucase, où un Tchétchène sur cinq est passé de vie à trépas sous les coups de l'armée

---

2. Annick Kayitesi, *Nous existons encore*, Paris, Michel Lafon, 2004 ; Milana Tezleova, *Danser sur les ruines*, Paris, Le livre de Poche, 2006.

russe dans un silence quasi général, au Darfour où les victimes des milices soudanaises se comptent par centaines de milliers et les déplacés par millions... Quant aux projets d'avenir çà et là agités, ils ne laissent pas de paraître sinistres. Ahmadinejad, qui gouverne à Téhéran, ne menace-t-il pas, avec la régularité d'un métronome, de rayer nucléairement Israël de la carte? Il n'est pas le seul.

Les monstres génocidaires n'appartiennent pas au passé mais à l'actualité. Le défi de 1945 perdure. Lorsque Napoléon et sa grande armée disparurent, l'Europe éclairée s'endormit dans sa « belle époque » en oubliant Clausewitz : « Une fois renversées les bornes du possible, qui n'existaient pour ainsi dire que dans notre inconscient, il est difficile de les relever. » Auschwitz est éternellement possible, l'inouïe pulsion de mort révélée par le siècle d'hier hante le nouveau[3].

Qui est terroriste, monsieur Poutine ?

Une guerre oubliée, un huis clos lointain, pas de quoi troubler les G8 et les contre-G8 de Davos, New York et Porto Alegre. La Tchétchénie passe pour un détail... Une cruauté de l'histoire entre mille ? Qu'importe ! D'autres drames passionnent, mobilisent les militants, taraudent les états-majors et secouent les chancelleries. Moins d'un million d'habitants. Une disparition annoncée et amorcée, cent ou trois cent mille morts, qui sait ?

---

3. 29 janvier 2010, *Le Figaro*, « Les génocides n'appartiennent pas au passé », *Corriere della Sera*, *Reczpospolita* (Pologne)...

Justement. Ce silence mondial, ce désintérêt quasi unanime, cette solitude absolue, ça ne vous rappelle rien? Il y a bientôt dix ans, le troisième génocide du XXᵉ siècle, celui des Tutsis au Rwanda, bénéficia déjà d'une inattention assidue, têtue, générale et volontaire. Aujourd'hui, rebelote, les autorités de la planète délivrent un blanc-seing à l'armée russe. La peau du Tchétchène ne vaut pas un clou. Nul diplomate pour élever la voix. Aucune manifestation ne rassemble des générations si avides pourtant d'afficher avec fracas leurs bons sentiments et leur haine de l'impérialisme (yankee, forcément yankee).

Rien ne sert de détourner le regard. À l'orée du XXIᵉ siècle, le pire du pire s'étale à Grozny, capitale de quatre cent mille habitants réduite en poussière. Depuis Varsovie punie pour son insurrection par Hitler, aucune puissance européenne n'a osé un tel forfait. Avec force avions, canons, hélicoptères, la prétendue « opération antiterroriste » fut conduite à distance, de façon parfaitement indiscriminée. Officiellement, le Kremlin visait entre trois cents et sept cents terroristes (l'exactitude n'est pas le propre de ses porte-parole). S'il faut célébrer de semblables exploits, MM. Blair et Aznar ont beaucoup à apprendre, comme bombarder Belfast et mettre à sac le Pays basque. Par quel manque de caractère les Américains ont-ils limité les frappes sur Belgrade et Kaboul? Au Kremlin, on affiche moins de timidité. Bien avant la chute des Twin Towers, le soleil de l'antiterrorisme se serait levé à l'est.

Même si le *black-out* politico-militaire interdit les informations au jour le jour, même si les reporters qui se risquent dans la nuit et le brouillard sont rares, il suffit de compter sur ses doigts pour comprendre : Grozny, c'est Guernica puissance dix. L'armée russe poursuit une guerre interminable contre les civils. Elle fait table rase, ouvre le terrain aux petites mafias avides, manipulables par ses « services » et par les islamistes. Récusant tout dialogue avec les indépendantistes, elle joue la carte du pire.

Glissant sur les méthodes inhumaines mises en œuvre pour « libérer » les otages du théâtre moscovite, Bush félicita Poutine pour sa victoire. Séquestrant des spectateurs sans défense, le commando de Baraev relevait du terrorisme, la Maison Blanche souligna l'évidence. Mais, tout en acquiesçant, regrettons que l'Amérique démocratique stoppe net son raisonnement : pourquoi ne retourne-t-elle pas le contre-compliment à l'ami Vladimir et aux cent mille hommes en armes qui exercent leurs cruels talents sur une population tout entière prise en otage ? « Pulvériser à l'explosif des morts ou des vivants est la dernière tactique introduite dans le conflit tchétchène par l'armée fédérale russe. L'exemple qui fait référence est certainement celui du 3 juillet 2002 dans le village de Mesker-Yurt où vingt et un hommes, femmes et enfants ont été fagotés ensemble et pulvérisés à la grenade... » (*Newsweek*, 14 octobre 2002). Ce que les jeunes veuves n'ont pas exécuté au théâtre, les soldats russes l'accomplissent à répétition en tout internationale impunité.

Tel un verre grossissant, l'expérience tchétchène dramatise une controverse décisive. Depuis le 11 septembre 2001 s'affrontent sourdement deux concepts du danger suprême (et partant deux stratégies). Première définition, celle des démocraties : est terroriste l'homme en armes (quelle que soit sa bannière) qui agresse délibérément des êtres désarmés. Deuxième définition, proposée par les gouvernements russe et chinois : est terroriste l'irrégulier qui met en cause une autorité établie (quelle qu'elle soit et quoi qu'elle fasse). Aux yeux du démocrate, tout État ou appareil d'État verse dans le terrorisme lorsque sa violence vise sciemment des innocents. En revanche, pour Nicolas Ier, pour Staline, pour Poutine (trois cents ans d'autocratie pèsent lourd), toute contestation de l'État vaut incitation au terrorisme, la moindre rébellion appelle les grands moyens. Aux yeux de l'autocrate, la chasse au terroriste est ouverte contre tout réfractaire ou présumé tel. La conclusion coule de source : un bon Tchétchène est un Tchétchène mort. La formule fut énoncée, en Russie, cinquante années avant que le général Sheridan ne l'appliquât aux Peaux-Rouges. Voilà pourquoi Poutine ne souffre pas qu'on l'interroge sur le sort réservé aux civils. Et c'est au nom de la définition numéro 2 qu'il conseille au journaliste curieux d'aller se faire castrer.

Le terroriste est-il l'ennemi public de l'État ou l'ennemi public du public ? Loin de se recouvrir, les deux définitions s'avèrent souvent concurrentes. Leur antinomie ronge de l'intérieur, comme un virus informatique, les unions sacrées antiterroristes. D'où deux conséquences sévères pour l'avenir des Européens que nous sommes.

1) La question tchétchène n'est pas tchétchène, mais russe. Relançant une guerre tricentenaire, Poutine souligne

d'emblée qu'elle est « exemplaire » et doit symboliser le retour à l'ordre promis pour la Russie entière. Finie la « Bacchanale des libertés » imputée à Eltsine! Rétablissement de la « verticale du pouvoir ». En jouant de la poigne sans considération pour le désastre humain qu'il provoque, l'autocrate promeut l'éducation sentimentale de ses concitoyens. À charge pour eux de contempler ce qu'il en coûte de ne pas obéir. Vaste entreprise pédagogique : en éradiquant à n'importe quel prix le « chardon tchétchène » cher à Tolstoï, c'est l'idée de liberté qu'il s'agit d'extirper de chaque tête russe. La mise au pas des *mass media*, le rétablissement des censures et de l'autocensure, la réhabilitation du servilisme soviétique vont de pair. Armée et services secrets ne combattent pas pour du pétrole ou par crainte d'une contagion indépendantiste, ils livrent bataille à l'âme et à la culture russes. Ils veulent en finir avec la fascination – jamais démentie, de Pouchkine à Elena Bonner-Sakharov – qu'exerce « une nation – les Tchétchènes – sur laquelle la psychologie de la soumission reste sans aucun effet » (Soljenitsyne).

2) La question russe n'est pas seulement russe mais irréversiblement mondiale. Un membre permanent du Conseil de sécurité prêche d'exemple. Si tout paraît permis dès qu'on détient la Bombe, peut-on imaginer plus décisive incitation à la prolifération des armes de destruction massive ? Tyranneaux de tous les pays, bricolez un engin dévastateur, puis payez-vous sur l'habitant, taillez un Caucase à votre pointure, massacrez, affamez comme il vous plaît. Une, deux, trois Tchétchénies. Un, deux, trois Kim

Jong Il! L'abandon total des malheureux Tchétchènes livrés à une soldatesque sans foi ni loi laisse mal augurer de l'avenir du monde.

Les expéditions qui déferlent sur le Caucase depuis Pierre le Grand montent facilement aux extrêmes. La conquête russe escalade vers une violence sans frein qui se rapproche dramatiquement de la « forme absolue » définie par Clausewitz. C'est dans cet horizon que Beria et Staline expédient en bloc les Tchétchènes au Goulag (1944). Face à la guerre absolue sans cesse remise à l'ouvrage par les stratèges de Moscou, la résistance tchétchène réinvente inlassablement une guerre de survie. Puisque le Grand, pompier pyromane, exige du petit une capitulation sans conditions et laisse planer la menace d'une extermination sans lendemain, les dérives terroristes risquent de s'accélérer. L'inimaginable devient imaginable.

Adoubant Vladimir Poutine au nom d'une immaculée alliance contre le terrorisme, avalisant les mensonges et les bains de sang où il patauge, l'Europe « se profane », regrette Anna Politkovskaïa après quarante reportages en « enfer ». La communauté ouest-européenne s'était construite sur un triple refus, celui (posthume) d'Hitler et des nationalismes racistes, celui (alors contemporain) de Staline et de son rideau de fer, celui (implicite) des aventures coloniales. Sans mot pour condamner, sans initiative pour bloquer un massacre qui mêle procédures staliniennes et pulsions ethnocides, l'Europe en effet se renie et avale son bulletin de naissance.

Interrogeant, il y a un demi-siècle, les responsabilités du vieux continent, Hermann Broch dévoilait, tapie dans l'ombre, derrière la fureur nazie, une faute plus générale, continentale et commune : le « crime d'indifférence », condition de possibilité des abominations. Hitler et Staline ont quitté la scène, aucun successeur de leur taille ne hante nos plateaux, donc… notre indifférence repart de plus belle ! Le musée de l'Holocauste à Washington – peu suspect d'allégeance islamiste – classe la guerre en Tchétchénie cas numéro 1 d'alerte au génocide (*genocide watch*). Le 1er janvier 2000, Poutine, fraîchement promu, atterrissait sur le front du Caucase, en compagnie de Madame et des caméras, à la rencontre de soldats émérites. En guise d'étrennes, il ne leur remit pas des montres comme le voulait la tradition, il leur offrit des armes de chasse, des couteaux d'égorgeurs. Ainsi finit le XXe siècle. Ainsi démarra le nouveau millénaire arrosé au champagne de Paris à Rio, de Time Square à la place Rouge.

Le crime d'indifférence structure, selon Ionesco, les sociétés de Rhinocéros. Doublement cuirassé contre le monde extérieur et contre son monde intérieur, ni réaliste ni sentimental, l'euro-rhinocéros est du genre placide sinon sympathique. Une proie rêvée pour chasseurs et maîtres chanteurs qui lorgnent ses richesses. Aucune SPA, fût-ce l'ONU, ne saurait garantir la sauvegarde d'une espèce aussi myope, égoïste et savamment muette[4].

---

4. *Le Monde*, 8 février 2003 et *Stolichnaïa Gazeta*, Moscou, 11 février 2003, publié dans toute l'Europe de l'Ouest, la Pologne et les États-Unis.

Un peuple enterré vivant

Il est des morts qui pèsent le poids d'une plume. Des peuples qui ne comptent pas. Ils n'ont qu'un droit, celui de disparaître. Ils sont absents de nos soucis et de nos écrans, avant même que les tanks, les bombes, les rafles et les mines antipersonnel ne les réduisent à néant. Les Tchétchènes vivent la solitude absolue, livrés au bon plaisir d'une armée russe massacreuse, sans que nul – ni l'ONU, ni l'opinion publique mondiale, ni les démocraties si fières de leurs principes – crie à l'assassin !

Aucun des conflits qui focalisent l'attention et les bons sentiments universels – Irak et Palestine – ne sont aussi cruels. La nation tchétchène, c'est à peine un million d'individus dont cent à deux cent mille sont morts depuis que Poutine a rasé, pour célébrer l'an 2000, leur capitale Grozny et transformé un minuscule pays en enfer permanent. Les rares voyageurs qui s'y risquent à la barbe des autorités témoignent du pire du pire qui déshonore l'an de grâce 2003.

Le 5 octobre ont lieu sur cette terre dévastée de pseudo-« élections présidentielles » organisées par Moscou. Nul ne leur accorde de légitimité. Pas même le Kremlin. Foin de décorum démocratique ! Son candidat, Kadyrov, actuel chef de l'administration pro-russe, bénéficie d'une maigre popularité (13 %). Achetés ou menacés de mort, tous les concurrents capables de lui faire de l'ombre se désistèrent ou furent interdits de scrutin. Quant à la population, poussée vers les urnes la kalachnikov dans les reins, elle sait que ce ne sont pas les bulletins de vote qui décident, mais l'homme en arme qui les décompte et les invente (deux cent mille « âmes mortes » sont listées). La mascarade ne trompe personne, ni les Tchétchènes, ni les Russes, ni les Européens.

Toute bâclée qu'elle paraisse, une telle mise en scène pue sa finesse poutinienne. En organisant des élections ostensiblement truquées, Moscou expédie un triple message :

– aux Tchétchènes, l'armée d'occupation – cent mille hommes ! – et ses milices collabos signifient que la guerre sera menée jusqu'au bout. Pas question de négocier avec les indépendantistes non islamistes et le président Maskhadov, régulièrement élu sous contrôle de l'OSCE. Étant donné les états de service de Kadyrov, dont la cruauté effraie parfois les « services » russes, le vote du 5 octobre contraint l'électeur tchétchène à signer sa propre condamnation à la servitude et à la mort ;

– à la population russe (selon de récents sondages, majoritairement favorable à des négociations avec Maskhadov), le Kremlin adresse un implicite ultimatum : si vous n'obéissez pas aux ordres, vous serez traités en rebelles. Nicolas Ier, Staline, Poutine, implacable continuité : la guerre coloniale dans le Caucase tourne inexorablement à l'extermination de la population locale, passée au fil de l'épée, déportée en totalité, villes rasées, pogroms, « filtration », sang et ruines… Pourquoi tant de cruauté ? Les grands poètes russes ont révélé le pot aux roses : il s'agit d'une entreprise pédagogique. Le Tchétchène incarne l'esprit insoumis. C'est lui ou moi, suggère le tsar quand on lui apporte la tête du chef rebelle (Tolstoï, *Hadji-Mourat*). La Tchétchénie exsangue sert d'épouvantail pour la Russie entière, invitée à se soumettre à la « verticale du pouvoir ». L'autocrate russe naît et renaît dans la très exemplaire mise à sac d'un petit peuple « allogène » ;

– au monde civilisé, la diplomatie russe dédie un insolent bras d'honneur : Oui ! les élections du 5 octobre bafouent les règles démocratiques, mais vous fermerez les yeux ! Paris et Berlin obtempèrent, trop avides d'intégrer dans leur invraisemblable « camp de la paix » une Russie qui mène la plus sale des guerres du XXIᵉ siècle naissant. Assoiffée de pétrole et de gaz russe, l'Union européenne ravale ses principes et se couche. Washington, moitié par stratégie (équilibre nucléaire), moitié par cynisme à courte vue, « pardonne » le soutien en armes et en conseils que Moscou accorda à Saddam Hussein jusqu'au dernier jour. Poutine a les mains libres et ridiculise la démocratie en projetant à la face du monde ses urnes sanglantes.

Les gouvernements démocratiques tout comme les millions de manifestants « contre la guerre », qui descendent dans la rue contre Bush, jamais contre Poutine, sont coupables de non-assistance à population en voie d'extermination. Indifférents, mais pas ignorants, car ils savent. Des téméraires et des courageux risquent leur peau pour les informer : Sophie Shihab, Stanley Greene, Patrick de Saint-Exupéry et surtout la russe Anna Politkovskaïa qui cinquante-cinq fois fit le voyage interdit de Grozny. D'autres audacieux, photographes, reporters, cinéastes ont brisé le *black-out*. Nous connaissons les bourreaux, nous contemplons les victimes : quatre années de massacres, de sauvagerie, de terreur et d'horreur ne passent pas inaperçues… Au bout du compte et des décombres, nous nous en foutons.

La démission planétaire devant les boucheries caucasiennes, pire qu'un crime, est une faute. Le scénario afghan pend au nez. *Remember*: pendant dix ans, l'armée russe – rouge – a cassé l'Afghanistan, dans les ruines s'installèrent les gangsters, puis les talibans, et Ben Laden vint. Conclusion de l'engrenage: la chute des Twin Towers. De Massoud assassiné à Maskhadov abandonné, la tragédie se répète: les rescapés du « nettoyage » russe vont-ils longtemps encore se retenir sur la pente d'un terrorisme suicidaire? Pour quand un engin fou sur une centrale nucléaire? Poutine est un pompier pyromane, son acharnement nous installe tous, Russes et Européens, au bord de l'abîme.

Pressentant la menace suprême – aucune installation russe n'est davantage que Manhattan immunisée contre une attaque suicide –, chacun opterait-il pour la « solution » poutinienne? Le silence des pacifistes et des chancelleries vaut blanc-seing. Nous justifions par avance une si pesante complicité. On nous a claironné, cinq mois durant, que Ben Laden était protégé par une garde de fer composée de « Pakistanais, d'Arabes et de… Tchétchènes ». La rumeur, venue de Moscou, fut prise pour argent comptant. Après la défaite des talibans, pas un Tchétchène en Afghanistan, ni mort, ni vif, ni dans les prisons, ni à Guantánamo! J'attends toujours le démenti des médias mondiaux si péremptoires dans leurs accusations! Les fausses nouvelles endorment. Qui veut noyer son chien l'accuse de la rage. Un assassinat moral en mondiovision précède et prépare l'élimination physique.

Ni sous-informée, ni inconsciente des risques, l'opinion planétaire épouse tacitement les pulsions génocidaires qui parcourent la soldatesque russe. La télé-conscience mondiale lève et lave nos dernières réticences : puisque chaque Tchétchène est un Ben Laden en herbe, un bon Tchétchène est un Tchétchène mort. *Nous vivons une grande première au Caucase, l'instauration du meurtre avec universelle préméditation*[5].

Halte aux fanatismes

Le président de la République française a soulevé une montagne, elle retombe sur lui.

En lançant l'offensive sur les Roms, le gouvernement de la France croyait régler à son avantage électoral un problème de simple police de frontières et de réglementation municipale. Énorme erreur. La question des Roms n'est pas de sécurité policière ou sociale, mais d'abord de sécurité mentale. Elle n'est pas franco-française, mais européenne. Elle n'est pas d'aujourd'hui, mais de toujours. Un des premiers sondages libres, effectué par le *Los Angeles Time*, révélait en 1990 que pour 80 % des populations tout juste émancipées du communisme – Tchèques, Hongrois, Roumains, Bulgares et Polonais –, l'image diabolique de l'étranger s'incarnait dans le bohémien. Dès 1980, les militants de Solidarnosc assistaient effarés aux pogroms anti-tziganes perpétrés à

---

5. *Le Monde*, 4 octobre 2003, *Wall Street Journal*, 2 octobre 2003, *Espresso, Reczpospolita, El País, Die Welt, Weekendavisen, SME* (Slovaquie).

quelques kilomètres seulement de Varsovie. Dans les années quatre-vingt-dix, Václav Havel, président de Tchéquie, fit démanteler à grand-peine un ghetto où ses concitoyens désiraient enfermer les gens du voyage. Si la haine des « Tziganes » atteint des sommets à l'Est, elle n'est pas inconnue à l'Ouest. Littérature et opéra du XIXe siècle, Victor Hugo et Verdi, témoignent des angoisses du sédentaire face à une collectivité déterritorialisée. Mendicité, insalubrité, chapardage, mais aussi fantasmes de vols d'enfants – rumeurs et rejets accablent depuis des siècles « ces gens qui ne vivent pas comme nous ». Poussant l'hystérie à son comble, les nazis précipitèrent pareils « sous-hommes » dans les chambres à gaz d'Auschwitz.

En instaurant – enfin ! – la libre circulation pour tous, l'Union européenne suscite par contre-coup la reviviscence des peurs ancestrales, un retour du refoulé. Face à un malaise endémique, les réactions françaises s'avèrent inadéquates et malsaines, précisent avec raison Églises et ONG.

Sont en cause moins les Roms que ceux qui ne les supportent pas. L'Européen postmoderne se glorifie de faire sauter les tabous qui entravaient sa liberté, mais se cabre devant l'émigré (au-delà de l'épouvantail musulman, souvenez-vous du « plombier polonais ») et s'horrifie face à l'étranger au carré, l'errant absolu par tradition et volonté. Comprenons qu'il s'agit moins d'un rejet de l'autre que d'un refus de soi. La levée des frontières, l'européanisation des nations, la mondialisation des continents projettent chacun dans un univers sans repères stables et normes infaillibles. Rappelons le diagnostic établi en 1965 par de

Gaulle : « Dans le progrès général, un nuage est suspendu sur les individus. À l'antique sérénité d'un peuple de paysans, certain de tirer de la terre une existence médiocre mais assurée a succédé chez les enfants du siècle la sourde angoisse des déracinés. » La face rieuse du déracinement, ce sont les trois cent mille jeunes expatriés français qui s'installent pour s'enrichir autour de la City lorsque la Bourse flambe. La face tragique, ce sont les errants qu'on pourchasse d'un campement sauvage à l'autre, les privant *de facto* du droit de voyager et de mendier que seul le communisme prétendit abolir par la force. Le Rom effraie. Cachez ce possible frère en déracinement, cette part indépassable et angoissante de notre destin. La peur des Roms n'est que la peur inavouée de soi.

Tant qu'on ne reconnaît pas aux nomades le droit de vivre en mouvement, tant qu'on ne leur offre pas la possibilité de se déplacer dans des conditions décentes, on entretient des hantises racistes et xénophobes. Une décence *minima* implique qu'on établisse, comme la loi française le prescrit (sans être appliquée), des aires d'hébergement et d'accueil propres à remplacer les campements de fortune et les bidonvilles ignominieux qui font la honte de l'Europe.

Inutile de procéder à grands fracas médiatiques aux rapatriements collectifs, plus ou moins volontaires, de centaines de malheureux, alors qu'en seule Roumanie deux millions de citoyens européens s'apprêtent au départ et calculent exactement que la vie d'un mendiant en France est moins catastrophique que celle d'un crève-la-faim ostracisé en Europe centrale.

Inutile de reproduire à l'échelle de l'Union européenne la politique de fixation forcée des peuples vagabonds. C'était l'idée fixe de Ceausescu et de ses collègues totalitaires. Là où la terreur policière a échoué, les subventions de Bruxelles en partie déchiquetées par la corruption ne réussissent pas davantage.

Inutile d'expédier des *missi dominici* à Bucarest exigeant plus d'intégration et d'assimilation, ce que les dirigeants roumains ne peuvent, ni les manouches ne veulent. Reste à nos nations prospères d'opérer une révolution intellectuelle en reconnaissant la légitimité d'un nomadisme multi-séculaire et transeuropéen. À charge de lui assurer des conditions de survie civilisées qui éviteraient une totale marginalisation. Le droit à l'errance est imprescriptible en bonne démocratie. Ni angélisme ni despotisme, le respect inconditionnel de la loi suppose qu'on respecte non moins inconditionnellement la dignité et la liberté de ceux qui s'y soumettent.

Gare à l'hypocrisie. Ceux qui contestent les opérations musclées de Paris ne devraient pas s'oublier dans leurs critiques. Les édiles de Bruxelles n'ont pas assuré les conditions pratiques de la libre circulation des Européens les plus démunis et l'accueil des itinérants. Les beaux parleurs écolos, si prompts à faucher, à grand renfort de caméras, les parcelles d'OGM, ne se sont jamais mobilisés contre la relégation des « voyageurs » dans les décharges publiques. Sauver la planète oui, sauver les errants, non ? (Cela en brève réponse à l'ami Cohn-Bendit qui m'interpella dans un article du *Monde*.) Les initiatives du Parlement européen, toutes tendances confondues, brillent par leur absence ou leur inefficacité. Seules quelques bouffées d'intolérance suscitent chez les « démocrates » des prêches bien-pensants, sitôt proférés, sitôt oubliés. Les libertés européennes ne se limitent pas aux libertés des hommes d'affaires, des puissants et des intellectuels. La libre circulation des biens et des idées est acquise, reste à assurer la liberté des plus humbles d'entre nous, celle des roulottes passe-frontières, celle des voyageurs sans attaches qui fascinaient tant musiciens et poètes du temps jadis. Tant que le Rom demeure *persona non grata* au banquet des pays nantis, l'émancipation de l'individu européen reste boiteuse et fragile.

Trêve de démagogie. Pourquoi tonner outrageusement contre la France (sa « gestapo », dit le *Times*, son « système de déportation », selon le *Daily Mail*… à Pékin, le *Quotidien du Peuple* emboîte le pas effrontément) ? Pourquoi la comparaison avec Vichy et ses « rafles » tourne-t-elle au lieu commun ? On peut contredire les choix de Sarkozy sans l'identifier à Pétain ou Laval, sans tomber dans l'injure et la caricature. Le délire va bon train. Les Roms sont les victimes expiatoires des enfants perdus de la mondialisation, le président devient le repoussoir alibi d'une opposition en panne de programme, la France est montrée du doigt par des institutions européennes et internationales en perte de sens et d'orientations. À chacun son bouc émissaire.

Halte au fanatisme. Il était jusqu'aujourd'hui impensable qu'un prêtre honorablement connu et dévoué aux humbles profère à haute et intelligible voix la supplique qu'il adresse à son Dieu : « Je vous demande pardon, faites que M. Sarkozy ait une crise cardiaque. » Stupeur générale. Les radios en font leur une. Quelques heures plus tard, le curé revient penaud sur ses propos. Ouf! nous ne sommes pas retournés au temps de Ravaillac, la prière remplace le poignard.

Peu m'importe de me hausser du col « humaniste » à gauche ou de froncer des sourcils « sécuritaires » à droite, mon souci ce sont les Roms, et leurs souffrances aussi scandaleuses que vaines. Rien, dans le festival des mesures tape-à-l'œil et dans le contre-festival des invectives, ne laisse présager une amélioration du sort des populations nomades. Certes, une ou deux municipalités ouvrent des gymnases à des poignées d'expulsés. Pour huit jours? Pour un mois? Et après, quoi?

Les élections présidentielles auront lieu dans deux ans. Pourvu qu'elles ne prolongent pas des ébats et débats qui, droite et gauche mêlées, couronnent Paris dérisoire capitale de la dérision[6].

Droit dans le mur?

Au sortir de la guerre froide, un officiel soviétique fit mine de plaindre ses vainqueurs : « Vous venez de perdre votre Adversaire Absolu, vous voilà bien embarrassés! » Comme si gouvernants et diplomates ne couraient depuis toujours plusieurs lièvres à la fois. Certes, pour être totales, les mobilisations totalitaires s'assignent une cible exclusive

6. *Le Monde*, 27 août 2010, *Corriere della Sera*, 1ᵉʳ septembre 2010, *SME, Respekt* (République tchèque)…

– l'impérialisme américain, le judéo-bolchévisme, le sionisme, les infidèles ou tout autre Ennemi supposé héréditaire. Par contre, les mouvements démocratiques échappent à la contrainte de l'idée unique. Entre 1945 et 1989, un Occidental, quitte à importuner les simplets et les sectaires, s'autorisait à contester simultanément les dictateurs communistes, les guerres coloniales, la corruption des privilégiés, le machisme des conservateurs, *et cetera*. Vingt ans après, il semble que le diagnostic soviétique l'emporte et que nous partions en quête du bouc émissaire un et indivisible.

La campagne présidentielle commence mal. En été 2010, l'Élysée ouvrit le ban par une offensive anti-Roms, expédiant gendarmes et bulldozers démolir les cahutes des bidonvilles improvisés, tandis que les caméras des télévisions s'attardaient sur les poupées écrasées, les frigidaires éventrés, la résignation triste et digne des plus démunis d'entre les démunis. Quinze mille tziganes, nomadisant sur le sol français, mettaient la République en danger! S'engouffrant dans la brèche morale, l'ultra-droite plébiscite – enjeu décisif pour la nation – l'« occupation » de deux tronçons de rue à Paris (une vingtaine sur tout le territoire), à l'heure des prières coraniques du vendredi. Les musulmans arguent d'un manque (avéré) de lieux de culte clos. En bon laïc, peu porté à l'angélisme, je suis choqué par ce spectacle hebdomadaire – à chacun ses goûts, certains préfèrent les blondes, d'autres les blonds, d'autres encore Mahomet, Jésus ou Jéhovah, les uns la bouillabaisse, les autres les pralines, j'aime le chocolat. À la bonne heure! Mais nul n'a le droit d'imposer ses rites et ses manies à qui ne les partage pas. Que l'on construise donc les mosquées indispensables et qu'on dégage dans la foulée les chaussées indûment encombrées !

Récuser les lieux ouverts et refuser les lieux couverts à la seconde religion de France, c'est raisonner en pompiers pyromanes. Ceux qui vitupèrent l'occupation religieuse du pavé s'opposent paradoxalement à la construction d'espaces appropriés avec ou sans minaret (au gré des arrêtés municipaux). Ils invoquent la réciprocité : tant que les églises chrétiennes seront interdites en Arabie Saoudite, nous devons refuser les mosquées chez nous. Faudrait-il dès lors couper la main des voleurs, lapider les adultères, pendre les homosexuels, parce que telle est la règle ailleurs ? Œil pour œil, dent pour dent ? Pitié ! La tolérance laïque, glorieuse invention de l'Europe, permet la vie en commun dans la diversité des désirs et des couleurs. Si d'autres pays choisissent la contrainte et l'uniformité, tant pis pour eux, mais pas question de s'en inspirer.

Exception planétaire : sur le vieux continent, toutes les religions sont minoritaires de fait, et le resteront. Jean-Paul II constatait, lucide et désolé : « Les Européens vivent comme si Dieu n'existait pas. » Son successeur confirme, incriminant un « relativisme » dominant villes et campagnes. Fût-elle appréciée comme une nouvelle barbarie, la tolérance règne. Elle accepte toutes les religions et « irréligions », sans en privilégier aucune. N'en déplaise aux chevaliers d'une foi pure et dure, en très grande majorité les Européens bannissent la guerre des croyances et les prosélytismes agressifs. Même les musulmans ? Chez nous, oui.

Prenons la France. Si 17 % de ses habitants d'origine musulmane s'affirment férus de la prière du vendredi, il en reste 83 % souples et détachés. Peu après les émeutes de banlieue en 2005 (qui n'étaient nullement islamistes) et la querelle des caricatures de Mahomet, une enquête internationale révéla que les musulmans de France sont les plus adaptés aux règles occidentales : 91 % ont une bonne opinion des chrétiens et 71 % la même des juifs – seul cas dans le monde, où les réponses positives l'emportent sur les négatives ; à 72 % les musulmans croyants ne perçoivent aucun conflit entre leur foi et la vie dans une société largement agnostique (*The Pew Global Attitudes Project*, 2006). Plus généralement, un sondage comparatif (Harris) dévoile que les Français sont les plus accueillants touchant les immigrés (*International Herald Tribune*, 25 mai 2007). Autant de signes, certes susceptibles d'évoluer, qui font douter de la centralité prétendument indépassable des problèmes posés par l'immigration. Si les présidentielles se jouent sur les notions d'occupation, d'invasion ou d'islamisation, la droite aura pavé la route du Front national et la gauche sera tombée dans le panneau.

Le FN poserait les bonnes questions en offrant de mauvaises réponses ? Il suffit ! Ses questions vitrifiées sont aussi nulles que ses réponses outrancières. Il faut être obsédé – ou vouloir obséder l'électeur – pour claironner que l'immigration est le cœur de nos malaises, avant le chômage des jeunes, la paralysie de la croissance, le risque d'éclatement de l'euro et de l'Europe. Et même si personne n'en parle, par quel miracle le continent échapperait-il à la corruption mondialisée, qui s'appuie sur les ressources d'États kleptomanes et mafieux (ex: la Russie) ou monocratiques et sans principes (ex: la Chine), ou pétro-islamistes, ou narco-marxistes, ou les deux? L'avenir ne se joue pas dans une rue de Barbès, ni dans le saccage préfectoral de masures improvisées.

Pareille conduite magique déshonore la politique. Jadis, on transperçait d'aiguilles les poupées de son afin de conjurer l'adversité. Aujourd'hui, cinq millions de Finlandais jugent leur gouvernement avec en tête l'intrusion de huit mille travailleurs somaliens; deux ou trois banquiers allemands jurant l'Europe promise aux fous de Dieu font un tabac dans les sondages et les librairies; en cinq cents ans d'honnête coexistence démocratique, la Suisse inventa le chocolat au lait et le *coucou-clock* (Orson Welles), elle prône la guillotine pour minarets; à Vérone, dans la richissime province d'Italie, la Ligue du Nord interdit les bancs publics aux « clandestins ». Ainsi de suite. Restait à la blonde Marine de réactiver les fantasmes de son papa, pour le plus grand plaisir des enfants de l'OAS et des bâtards d'Al Qaida.

Allons-nous capituler et fuir les véritables défis dans les noirs pâturages des conflits imaginaires? Si la politique s'enlise en diabolisant roulottes et mosquées, si la droite républicaine s'écrase devant les fixettes de l'ultra-droite, si la gauche démocratique espère tirer les marrons du feu sans sortir de son coma intellectuel, pauvre France, triste Europe. Votre destin se décidera entre Pékin, Moscou et Washington, voire à Téhéran ou La Mecque[7].

7. *Le Monde*, « Cessons de diaboliser roulottes et mosquées! La future campagne présidentielle ne doit pas être captive des idées du FN », 23 décembre 2010, 28 décembre 2010, *Corriere della Sera, El País*…

La fin de la fatalité

Une révolution surprend le monde, ceux d'en haut pris de panique, ceux d'en bas qui n'en reviennent pas de vaincre minute après minute leur peur, ceux de l'extérieur – experts, gouvernements, téléspectateurs, moi-même – culpabilisés de n'avoir pas prévu l'imprévisible. D'où le crêpage de chignon français qui agite Clochemerle : la droite a fauté, tambourine la gauche, qui oublie soigneusement d'expliquer pourquoi Ben Ali (et son parti unique) restait membre de l'Internationale socialiste, tout comme Moubarak (et son parti monocratique). Le premier fut radié le 18 janvier 2011, trois jours après sa fuite. Le second le 31, sur les chapeaux de roue. Nul ne leva le lièvre. Pas la presse négligente. Pas la droite jumelée avec l'omnipotent « Russie unie » de Poutine, elle cajole le parti communiste chinois. Plutôt que d'interroger ce goût très partagé pour les autocrates, il sied d'incriminer en boucle le « silence des intellectuels ».

Réfléchir ne consiste pas à sprinter pour rattraper et dépasser un événement qui vous coupe le souffle. Au-delà de l'admiration pour des foules qui surmontent l'angoisse, interrogeons la surprise qui prend les préventions au dépourvu. Premier préjugé : à la polarisation ancienne entre deux blocs succède le conflit entre « civilisations ». Deuxième préjugé, alternatif : à la guerre froide succède la paix de l'économie rationnelle et la fin de l'histoire sanglante. Double bévue qu'illustrent les implosions de l'« exception arabe » : elles déchirent brutalement la pseudo-cohérence des blocs ethniques et religieux, « monde arabe », « civilisation de l'islam ». Combien de fois n'a-t-on seriné que liberté et démocratie n'importent pas à la « rue arabe » tant que dure le conflit israëlo-palestinien? Refuser de renvoyer aux calendes ou à Jérusalem la question de la soumission, voilà qui passait dans les salons ou les universités pour le comble de l'indécence eurocentrée, droit-de-l'hommiste ou... sioniste. Depuis janvier 2011, il n'y a plus de fatalité au Maghreb et dans le Proche-Orient. Quoi qu'il advienne, saluons le bouleversement avec « une sympathie d'aspiration qui touche de près à l'enthousiasme » – ainsi parlait Kant de la Révolution française, dont il désapprouva pourtant maintes péripéties.

La mondialisation, qui depuis trente ans submerge la planète, ne se limite pas à la finance et à l'économie. Elle véhicule un virus sans frontières de liberté, qui parfois l'emporte (révolutions de Velours) et parfois bute sur la brutalité d'appareils politico-militaires, profanes à Tienanmen (1989) ou célestes en Iran (2009). N'empêche, une jeunesse mondialisée ne cesse de jurer à corps (sacrifiés s'il le faut) et à cris (digitalisés souvent): « Dégage! » La passion tunisienne secoue à grande vitesse la forteresse égyptienne. Une sorte de bombe atomique spirituelle ébranle des servitudes ancestrales qui se révèlent volontaires, donc volontairement destructibles.

Pas question de déplorer la chute d'un tyran. J'ai tant aimé la fin des satrapes communistes en Europe de l'Est, mais aussi celle de Salazar et Franco, et celle de Saddam Hussein, pourquoi m'affligerais-je du départ d'un Ben Ali et bientôt je l'espère de Moubarak? Qu'ils s'en prennent à eux-mêmes si leurs sujets soit les expulsent, soit ne les regrettent pas. La suite n'est pas écrite, après le Shah vint Khomeiny. Et alors?

Vais-je reprocher au Roi des rois de n'avoir pas versé plus de sang lors du choc final, ou plutôt d'en avoir versé trop dans les années qui précédèrent ?

Un soulèvement populaire qui abolit un régime despotique, cela s'appelle une révolution. Chaque grande démocratie occidentale y reconnaît ses origines violentes, et la France de Saint-Just en particulier : « Les circonstances ne sont difficiles que pour ceux qui reculent devant le tombeau. » L'assassinat de Khaled Saïd, jeune *afficionado* d'Internet battu à mort par la police d'Alexandrie, loin d'intimider a galvanisé ; Facebook et Twitter sont devenus l'équivalent du samizdat et la mince frange des internautes les flambeaux d'une dissidence.

Allumée par quelques-uns qui n'hésitent pas à se sacrifier, ainsi Mohamed Bouazizi à Sidi Bouzid, l'étincelle qui incendie la tyrannie court à travers notre espace-temps. L'Athènes du Ve siècle avant J.-C., celle des philosophes, honorait ses tyrannicides légendaires, Harmodios et Aristogiton.

Pouvoir des contraires, la liberté abrite « l'abîme le plus profond et le ciel le plus sublime » (Schelling). L'itinéraire de l'Europe nous dit qu'une révolution mène à tout, au bien commun d'une république et non moins à la terreur, aux conquêtes et aux guerres. À l'instant où le pouvoir vacille au Caire, Téhéran célèbre le trente-deuxième anniversaire de sa révolution dans un festival de pendaisons et de corps sauvagement torturés. L'Égypte – à Dieu ne plaise ! – n'est pas l'Iran de Khomeiny, ni la Russie de Lénine, ni l'Allemagne de la révolution nationale socialiste ; elle sera ce que la fera sa jeunesse avide de respirer et de communiquer, ses frères musulmans, son armée douteuse et dissimulée, ses pauvres et ses riches séparés par des années-lumière.

Comptez en Égypte 40 % de meurt-la-faim et 30 % d'illettrés. De quoi rendre la démocratie difficile et fragile, mais nullement impossible, sinon les Parisiens n'auraient jamais pris la Bastille. Ajoutez (d'après les sondages effectués en juin 2010 par *Pew*) que 82 % des Égyptiens musulmans souhaitent l'application de la Charia et la lapidation des adultères, 77 % trouvent normal qu'on coupe la main des voleurs et 84 % prônent la peine de mort pour qui change de religion. Voilà qui interdit les naïvetés futurologiques par trop roses.

De la révolution à répétition jusqu'à la république démocratique et laïque, il fallut en France deux siècles. En Russie et en Chine, le délai ne s'annonce pas moindre... si le périple s'accomplit. Même les États-Unis, qui croient avoir atteint l'empyrée en dix ans, s'illusionnent : ils écopèrent de la terrible guerre de Sécession, de la lutte des classes et du combat pour les droits civiques – longue durée bicentenaire où fleurirent les raisons et les raisins de la colère.

Qui dit Révolution et Liberté ne dit pas d'emblée démocratie, respect des minorités, égalité des sexes, bon voisinage avec les autres peuples. Tout cela reste à conquérir. Saluons les révolutions « arabes », elles brisent la pseudo-fatalité. Mais de grâce ne les flattons pas : les risques, tous, même les pires périls, sont devant elles. Il suffit de revisiter notre histoire : l'avenir est sans garanties[8].

---

8. Écrit le 4 février 2011, *Libération*, 7 février 2011, *Corriere della Sera*, 7 février 2011, *El País*, 8 février 2011, *Perlentaucher*, *Signandsight*.

Comment penser après Auschwitz

Paris, Ville lumière, capitale de l'Europe éclairée, illuminant le monde d'avant 1940 : « Nous avions secrètement résolu d'ignorer la violence et le malheur comme éléments de l'histoire, parce que nous vivons dans un pays trop heureux et trop faible pour les envisager », confie rétrospectivement Merleau-Ponty, dans le numéro 1 des *Temps modernes*, la revue de son ami Sartre. C'est en 1945, la vérité sur les camps de la mort viens d'éclater, des photos terribles font la une, les rescapés reviennent, ils ne parlent guère, mais leur maigreur en pyjamas rayés crie.

Chaos dans les têtes : comment peut-on être poète après Auschwitz ? interroge le sociologue juif allemand Adorno. Plus question, ajoute Merleau-Ponty, d'accepter « cette philosophie optimiste qui réduisait la société humaine à une somme de consciences toujours prêtes pour la paix et le bonheur ». La pensée d'avant-guerre est morte, les universitaires n'ont rien vu venir et se le reprochent violemment.

Fini l'optimisme rationaliste et bien-pensant dominant la première moitié du siècle. Husserl, Brunschvicg, Alain avaient illustré les nuances variées de cet humanisme positif, le christianisme social et un socialisme populiste bon enfant promettaient généreusement d'en répartir les fruits sur la population du globe.

Apres 1945, l'humanisme à l'eau de rose passe au musée Grévin, l'intellectuel conteste l'Europe, sa terre natale si meurtrie et meurtrière, il devient « fonctionnaire du négatif » (Sartre).

Efficace décapage, l'orgueil eurocentrique volant en éclats, on réapprit à se voir avec le regard des autres. Le *cogito* de l'indien Nambikwara se révélait différent, mais pas moins intelligent que le nôtre (Lévi-Strauss). La raison se découvrit moins absolue et parfaite que l'avait rêvé le XIXe siècle, plus opérationnelle en revanche parce que sans cesse aux prises avec son autre déraison, désordre ou folie (Michel Foucault).

Mais terrible dérapage, revirement à 180 degrés, tout ce que nie la civilisation occidentale est adulé ; le révolutionnaire, le colonisé, la femme, l'enfant sont sommés d'incendier Babylone. On mobilise les damnés de la terre contre un vieux continent réduit à un nœud de vipères impérialistes, colonialistes, machistes, nucléaires, etc. Pratique communiste et théorie matérialiste-dialectique fournissent un catéchisme à cette imprécation. Pendant qu'en France on fête l'anti-humanisme marxiste, Staline et Cie soufflent leur quarante millionième? soixante millionième? victime.

Tournant décisif, après 1970, Paris relaie l'effet Soljenitsyne, le manichéisme simpliste est balayé. Dom Helder Camara, l'évêque rouge du Brésil, et Léonid Plioutch, sauvé des asiles psychiatriques soviétiques s'entendent! (En face d'eux, dictateurs de droite et de gauche retrouvent un air de parenté.) On tient ici le principe d'un humanisme négatif, qui se soucie de dévoiler et de combattre l'inhumain, et non de faire le bonheur des gens malgré eux. On s'unit contre... Au nom de quoi? Au nom de l'horreur qu'inspirent la torture, la famine...

Mais les cervelles molles règnent encore. Retour aux valeurs, recherche des racines, réveil de la foi font florès. La nostalgie naïve des bienséances 1900 tient boutique. Malraux, vieillissant, fut le porte-parole de cette fuite en arrière et annonce un XXIe siècle religieux. La vague des intégrismes dément la vague fidéiste : si le XXIe siècle se veut religieux, il ne sera pas. En guise de testament de Dieu, quelque planétaire Liban allumera le feu d'artifice final. Le XXIe siècle, pour exister, sera celui des Salman Rushdie[9].

9. Reprise d'un article écrit en 1990, *Actuel*, numéro spécial 1945-1989.

2

Le sens de l'Europe

« On a gagné ! » – Qui ça ?

« Qui contrôle le passé commande l'avenir », l'axiome de George Orwell n'a pas perdu de son actualité ce dimanche 9 mai 2010. Sauf que l'invention du passé ne passe plus par les pesants catéchismes de l'histoire officielle, il suffit de quelques grandes messes télévisées. Sur la place Rouge, sous l'œil complaisant des délégations occidentales, les militaires à hautes casquettes défilent dans « la plus grande démonstration postsoviétique en hommes, matériel lourd et parade aérienne », trompette l'agence Novosti. Leur message circule en mondiovision : « Nous, armée russe, jadis rouge, avons sauvé le monde. » Songez plutôt, sans Stalingrad, l'Europe eût été intégralement hitlérienne (hormis les îles Britanniques insoumises, mais pour combien de temps encore ?). L'argument paraît de nos jours si imparable que nul n'objecte. Est-ce si simple ?

En fait, la Russie n'a sauvé les Européens qu'après avoir failli plusieurs fois les enterrer, et elle avec. Pour commencer, le Kremlin, sous la direction de Staline, a suicidairement « préparé » l'affrontement en liquidant son état-major (exécution des meilleurs stratèges dont Toukhatchevski) et en décimant ses cadres (officiers, services d'espionnage, industrie de guerre soumise au désordre des purges multiples). Ensuite le Pacte germano-soviétique qui, loin de constituer une subtile manœuvre diplomatique, refléta une insondable naïveté (ou pis une solidarité idéologique anti-démocratique) : jusqu'au dernier jour, première heure de l'agression hitlérienne Barbarossa, l'URSS livra son blé, son pétrole, ses armes à son *alter ego* totalitaire. Dûment averti, Staline ne voulait rien savoir. D'où sa surprise totale. D'où son silence prostré face au plus gros désastre militaire de l'histoire russe. En quelques semaines, les Allemands conquirent l'Ukraine et la Biélorussie, puis atteignirent Moscou. Staline, plus perdu que jamais, convoqua *in extremis* le général Joukov, miraculé des purges, qui reconnaîtra en 1966, dans une interview interdite aussitôt, que rien ne pouvait empêcher la chute de la capitale, laquelle ne tint, dit-il, que par « miracle », c'est-à-dire par hasard. Plus exacte-ment par impéritie de l'ennemi.

Reconnaissons que si le numéro 1 communiste naviguait de dépression en dépression et parut lâcher les commandes, le numéro 1 nazi d'en face souffrait également d'incohéren-ce, dispersant son effort et ses troupes, visant simultanément Leningrad au Nord, Stalingrad au Sud, et Moscou au centre. Erreurs contre erreurs, hasard contre hasard, un couple maniaco-dépressif décidait du destin depuis Lisbonne et Brest jusqu'à Vladivostok.

Il faut relire Alexandre Soljenitsyne et Vassili Grossman, tous deux ont combattu Hitler sous la bannière rouge, tous deux en tirent une légitime fierté, mais tous deux clament que la victoire fut obtenue malgré et contre les maîtres du Kremlin et qu'elle ne tint qu'à un fil. Le racisme massacreur d'Hitler contre les esclaves slaves fit le reste : malgré la déroute de l'armée Rouge, les populations locales se mobilisèrent et nombre de « zeks » du Goulag se portèrent volontaires pour le front. Oui, le sort de l'Europe s'est joué à la roulette dans les plaines de Russie et d'Ukraine. Du coup, le vieux continent « libéré » se réveilla au bord du gouffre dans une incontournable contingence : « Nous avons cru sans preuve que la paix était l'état naturel et la substance de l'univers... aujourd'hui nous ne croyons plus à la fin des guerres », témoigne Sartre après la capitulation du IIIᵉ Reich, exprimant là une inquiétude alors fort partagée.

La Seconde Guerre mondiale dévoile une condition humaine moderne, intrinsèquement destructible, sans garantie de survie. La révélation que le pire a été possible nourrit alors les manifestes « existentialistes » et la littérature de l'« absurde ». La politique sérieuse intitulera bientôt « dissuasion » l'inévitable coexistence au bord de l'abîme. Pareille révélation est plus vraie que les imaginations de la guerre froide (le marxisme est l'« horizon indépassable ») et plus profonde que l'illusion de 1989 stipulant la fin de l'histoire, celle des risques fondamentaux et des combats pour la survie.

Les célébrations du souvenir souvent contredisent et refoulent ce qu'elles prétendent commémorer. En 1945, l'Europe s'était découvert une existence sans providence. En mai 1995, Jacques Chirac refusait de se rendre à Moscou et

François Mitterrand déclinait le défilé des troupes pour protester contre la guerre au Caucase. En 2010, deux cent mille morts tchétchènes plus tard et l'invasion de la Géorgie, Moscou parade en inversant la leçon : aujourd'hui comme hier Moscou sauve le monde. Les têtes légèrement couronnées de nos démocraties opinent du bonnet devant le pieux et dangereux mensonge.

D'où vient qu'il émane des festivités du soixante-cinquième anniversaire un parfum de moisi planant sur ce musée Grévin d'un jour, gigantesque et dérisoire ? Manquent au spectacle les forces vives du continent, celles qui en un demi-siècle ont balayé à l'Ouest les vestiges du fascisme en Espagne et au Portugal, tandis qu'à l'Est elles cassaient l'empire soviétique. Les authentiques héritiers de 1945, ce sont les dissidents qui à mains nues ont transformé la carte de l'Europe et enterré Yalta, à coups de révolutions majoritaires dans l'opinion et douces dans les moyens. Saluons la révolution des Œillets à Lisbonne, celles de Velours à Prague, Budapest, Varsovie, celles de couleur aux portes de l'empire russe. Rien n'est acquis. Les Géorgiens tentent de sauver leurs libertés face à l'amour dévorant que leur voue le Big Brother voisin. Les manifestants de Téhéran essaient de contrer un islamisme radical à dentition nucléaire. Les blogueurs rebelles de Pékin s'acharnent à instiller de la démocratie dans la future deuxième puissance de la planète. Tels sont les vrais, mais fragiles, porteurs de la victoire de Mai 45. Pour mémoire, le 2 mai 1945, un soldat soviétique plante le drapeau rouge au sommet du Reichstag. La photo soigneusement mise en scène éternise la chute de Berlin.

Pour leur malheur, le soldat s'avéra tchétchène et disparut peu après ; le photographe était juif, il fut persécuté[1].

Une révolution philosophique douce

1989, le 15 octobre à Francfort, devant Helmut Kohl et le gratin de la République fédérale, je prononçai la *laudatio* de Václav Havel qui recevait le prix de la Paix, mais restait prisonnier dans son pays. Les Allemands de l'Est avaient entamé leur fuite éperdue vers l'Ouest. À contre-pied de Fukuyama et des sornettes sur la fin de l'histoire, j'intitulai mon discours : « Sortir du communisme c'est entrer dans l'histoire. »

1989, le 9 novembre au soir, le mur de la honte fut troué, le 10 au matin, je m'envolai pour Berlin, puis je vécus la révolution de Velours à Prague, enfin la chute de Ceausescu à Bucarest. L'année 1990 s'annonçait joyeuse pour le genre humain. Mais je fus saisi par la différence des émotions éprouvées à l'Est et à l'Ouest. Les traces et les effets de cette incompréhension mutuelle subsistent aujourd'hui.

Les lignes bougent

Nul n'avait prévu que l'automne 1989 allait enterrer quarante-deux ans de guerre froide. Les politiques européens stupéfaits réagirent dans le plus grand désordre. Le chancelier allemand Helmut Kohl fonça et obtint à l'arraché la

---

1. *Corriere della Sera*, 9 mai 2010, *Le Figaro*, 11 mai 2010.

réunification de l'Allemagne. En revanche, François Mitterrand freina des quatre fers et, en lot de consolation, gagna l'euro, contraignant nos voisins d'outre-Rhin à sacrifier leur mark tant aimé. Depuis lors, le fameux « couple » franco-allemand bat de l'aile en dépit des multiples déclarations d'amour officielles. Le dégel des blocs provoqua un flottement général, les partis communistes occidentaux s'évaporèrent, quarante années de démocratie chrétienne italienne partirent en fumée, les partis socialistes se proclamèrent vainqueurs, mais implosèrent, et les droites perdirent leurs repères, thatchériens et reaganiens durent céder la place. En dix ans, l'effet de souffle de la chute du Mur balaya idées fixes, convictions péremptoires et partis figés. Après vingt années de réactions en chaîne, gauches et droites européennes cherchent désespérément à quel saint se vouer au point souvent d'ignorer ce qui les différencie.

Un désarroi politico-mental

Si l'Occident n'a pas su où donner de la tête, c'est qu'il n'était nullement préparé à une aussi fondamentale remise en cause géopolitique de l'après-Seconde Guerre mondiale. Les manifestants des révolutions de Velours posaient une seule question, décisive, simple et pratique : comment passer du socialisme (réel) au capitalisme (de l'économie de marché). Question sans réponse : jusqu'alors, en quatre décennies de confrontation idéologique, seule la question inverse – comment passer du capitalisme au socialisme ? – focalisait les controverses pointues des théoriciens et les débats houleux des journalistes engagés. Dans toutes les universités, qu'elles fussent promarxistes ou libérales, européennes ou américaines, la seule interrogation portait sur la transition vers la propriété collective – fallait-il s'arc-bouter sur la privée ou bien sauter le pas, quitte à rêver d'un socialisme à visage humain ? Hormis quelques études hésitantes, en Pologne notamment, sur la possibilité d'instil-ler dans la société communiste quelques éléments de la société marchande, il n'y eut aucune recherche sur la transition du socialisme au capitalisme. Pour tout le monde – communistes, anticommunistes et « intermédiaires » – il était acquis que l'Union soviétique et ses dépendances ne pouvaient « retourner » au capitalisme, remarque ironique-ment le philosophe espagnol Ramoneda.

Celui qui s'étonne sans comprendre incline à mythifier

L'imprévu du 9 novembre berlinois fut transformé après coup en destin inéluctable. La providence enfin avait parlé, le hasard était aboli, la parenthèse du terrible XXᵉ siècle se fermait. Oubliés, gommés, transcendés, dépassés les soixante-quinze ans (1914-1989) les plus sanglants et cruels de l'aventure humaine ! L'histoire parut reprendre sa « marche en avant » telle que l'avait rêvée la Belle Époque. Le tocque-vilien retrouvait le mouvement inéluctable de la démocratie universelle, le saint-simonien léguait à l'écologie la promesse que l'administration des choses se substituait au gouverne-ment des hommes, les hégéliens fêtaient la fin de l'histoire et de ses guerres, le social-démocrate garantissait l'entente entre les peuples. Bref nous étions censés entrer en terre promise postmoderne et voir disparaître « le grand héros, les grands périls, les grands peuples et le grand but » (Jean-François Lyotard).

Le quiproquo fut radical

La fin de la guerre froide plongea l'ancien « monde libre » dans une euphorie sans rivages. L'Europe de l'Ouest assécha *illico* ses budgets militaires, tandis que Washington annonçait un « nouvel ordre mondial ». L'autre Europe, juste émancipée de la domination de Moscou, ne partageait pas un optimisme aussi œcuménique.

Pour sortir du communisme, compter jusqu'à deux

Les peuples qui s'extraient du despotisme totalitaire entrent dans l'histoire libres de leurs choix. Ils se retrouvent devant non pas un, mais deux avenirs possibles. L'Occident ne perçoit l'alternative qu'avec retard et réticence. Deux voies divisent l'après-89. D'une part, celle symbolisée par Walesa et Havel, Solidarnosc et la Chartre 77. De l'autre, celle incarnée par Milošević et plus tard Poutine.

Tchèques et Serbes affrontèrent les mêmes défis : la dislocation de la Tchécoslovaquie, comme celle de la Yougoslavie, n'allait pas de soi. À Prague, la révolution de Velours installe au pouvoir des dissidents antitotalitaires, leur choix foncièrement démocratique n'est pas facile. Il est même très compliqué, misère et corruption règnent. Leur décision est claire : la liberté prime, Slovaquie et République tchèque se séparent sans conflit et, finalement, toutes deux intègrent l'Union européenne. À l'inverse, un bureaucrate communiste, roué et corrompu, prend le pouvoir à Belgrade. Milošević promeut l'alliance des appareils de répression contre la contagion de l'émancipation. Si l'idéologie marxiste est remisée, ses techniques et ses méthodes de coercition sont conservées. Guerres et purifications ethniques ravagent la Yougoslavie de 1991 à 1999. Milošević joua la reconquête des terrains perdus au prix du sang et finit au tribunal de La Haye. Havel choisit la démocratie.

Oser l'ébranlement de la liberté

Havel a pointé depuis longtemps le « cercle vicieux des illusions et des désillusions ». Avec Ionesco et Beckett, le dramaturge exhibe l'absurde et moque l'insensibilité postmoderne, pot-pourri de cynisme désabusé et de cruauté sans tabou. D'où sa vigilance, devenu président, devant le « monde explosif de l'après-communisme ». Ce pacifique prêcha, dès les premières braises, la nécessité d'étouffer par les armes l'incendie allumé par Milošević.

Les Occidentaux euphoriques ont rêvé close la « parenthèse » des cruautés totalitaires, comme si les nomenklaturistes ex-soviétiques pouvaient émerger tout nouveaux tout beaux de soixante-dix années de décervellement. Comme si le chaos des dictatures intégristes s'éteignait de lui-même. « Je viens d'un pays plein d'impatients, écrit Václav Havel. Ils sont peut-être impatients parce qu'ils ont si longtemps attendu Godot qu'ils ont l'impression qu'il est arrivé. C'est une erreur aussi monumentale que celle de leur attente. Godot n'est pas venu. Et c'est très bien ainsi, car si un Godot arrivait, il ne serait que le Godot imaginaire, le Godot communiste. » Pas de sauveur suprême, nous sommes rendus à nos responsabilités, au « pouvoir des sans-pouvoir », à la solidarité des ébranlés.

Une révolution permanente

Les soulèvements démocratiques géorgien (2003) et ukrainien (2004) auraient dû mettre la puce à l'oreille des malentendants (qui restèrent sourds à la Tchétchénie martyrisée douze ans durant et à ses deux cent mille morts). Poutine n'a contrôlé ni ses initiatives ni sa langue. En Ukraine, il intervient sans pudeur dans les affaires d'un État dont il méconnaît l'indépendance. Contre la Géorgie, il a lancé ses chars. Répondant à la presse internationale, Vladimir Poutine dénonce la « révolution permanente » et ses « désordres dangereux », il vilipende les soulèvements pacifiques qui balayèrent les fantoches postsoviétiques à Tbilissi et à Kiev. Il désigne ainsi à son insu un soulèvement émancipateur de très longue durée, qui commence dans le sang à Berlin-Est en 1953, Poznań et Budapest en 1956, se poursuit avec la dissidence russe des années soixante, puis à Prague en 68 et le combat de Solidarnosc dans les années quatre-vingt, se couronne par la chute du Mur à Berlin, mais ne se termine pas.

Voilà pourquoi le Kremlin n'apprécie toujours pas ces successives insurrections de la liberté et reçoit un écho du côté de Téhéran (juin 2009): le guide suprême fustige les manifestants qui crient « mort à la dictature » et s'exclame : « Nous ne sommes pas en Georgie ! »

L'Europe joue sa nouvelle frontière sur les terrains vagues de l'histoire, tout est encore possible, Havel ou un autre Milošević.

Une conversion décisive

Bien avant la chute du Mur, les lignes avaient déjà bougé. En Pologne, catholiques et libres-penseurs, en bisbille depuis plus d'un siècle, parrainent ensemble Solidarnosc. En Russie, modernes (Sakharov) et vieux-croyants (Soljenitsyne) œuvrent côte à côte. À Prague et Bratislava, des professeurs d'université, plutôt que d'enseigner les mensonges officiels, se choisissent laveurs de carreaux ou chauffagistes, la Chartre 77 réunit gauche libérale et droite conservatrice, religieux et incroyants. L'antitotalitaire cultive ses convictions particulières sans sectarisme, la dissidence n'oppose pas un autre dogme au dogme officiel, elle introduit une révolution mentale qui précède et, seule, rend possibles les mutations sociales et politiques qui bouleversent la carte de l'Europe. Le philosophe Patočka, inspirateur de Václav Havel, nomme « conversion » (*metanoia*) l'engagement des « ébranlés » qui font face aux guerres totales et aux politiques totalitaires, sachant qu'il en va de l'humanité, de son équilibre mental autant que de sa survie physique[2].

---

2. *Le Figaro*, *Corriere della Sera*, 10 septembre 2009.

L'aphasie européenne

L'Europe existe-t-elle? Un lecteur de Descartes pourrait en douter. Quelle réalité fixer, en effet, à notre vieux continent? Ses frontières géographiques sont mouvantes et litigieuses. Ses limites culturelles nous dépassent. Qui oserait soutenir que la Russie de Pouchkine, Dostoïevski, Tchekhov, Chostakovitch et Stanislavski ne soit pas culturellement européenne? L'est-elle pour autant politiquement? Quant aux valeurs intrinsèques et innées qui cuirassent la fatuité de l'Union européenne, n'exagérons rien, n'oublions pas que les hauts lieux de l'esprit, Paris, Berlin, Rome, Madrid furent au siècle dernier les écoles des guerres totales et des révolutions totalitaires. Et depuis des écoles d'indifférence aux malheurs des autres... comme des leurs.

Qu'est-ce qui unit positivement les Européens? On pourrait dresser l'inventaire mental d'une histoire qui engendra la seule civilisation planétaire que nous connaissions, celle pourtant qu'une moitié d'entre nous rejette sous l'espèce d'une « mondialisation » déracinée et aliénante. Abondance de biens nuit. Je crains que la profusion des héritages religieux et laïques, spirituels et matériels, nationaux et continentaux, de droite et de gauche, interdise la pierre philosophale, la table des valeurs infaillible où se mirerait l'âme européenne, une et indivisible. Pour l'instant nos contemporains tentent de survivre dans la jungle des opinions, ce « règne animal de l'esprit » que constatait Hegel en déplorant, à tort, l'anarchie des Lumières, matrice d'inventivité et de renouveau.

L'Europe s'unit seulement par intermittence. Elle s'est construite autour d'une triple négation, le *Manifeste de*

Ventotene (Italie, 1941-1942), par lequel le résistant antifasciste Spinelli formulait les principes de l'Europe à venir, partant de trois tabous inconditionnels. Contre l'ultranationalisme xénophobe et raciste. Contre le totalitarisme noir et rouge. Contre le colonialisme. Le nouveau-né européen fut entouré – ce qui le sauva – de mauvaises fées : le souvenir cuisant d'Hitler, la réalité mangeuse d'hommes de Staline, l'angoisse des expéditions impériales. Bénéfice secondaire de ce travail de deuil, l'Europe opta pour la démocratie et les droits de l'homme, non pour investir des paradis imaginaires, mais pour barrer la route des enfers.

Le fruit de cette nouvelle – et fragile – modestie des exaltations idéalistes fut une commune prospérité. La progressive unification économique eut pour origine le *pool* charbon/acier, qui stoppa la rivalité belliqueuse de la France et de l'Allemagne. Aujourd'hui, les mauvais souvenirs s'effacent et avec eux s'évanouit la volonté de s'unir contre le pire. Si les défis de l'avenir ne ressemblent guère à ceux du passé, ils ne sont pas moins dangereux et notre aveuglement demeure périlleux.

Ainsi, l'impuissance à définir une politique énergétique et nucléaire commune place en position de faiblesse chacun des pays de l'Union. Pour le plus grand profit des dispensateurs de gaz et de pétrole, au premier rang desquels la Russie de Poutine (et de Medvedev), habile à faire chanter. En guise de stratégie commune, on assiste au ballet humiliant du chacun pour soi et à la rivalité des courbettes sous les ors sanglants du Kremlin. Tant pis pour la Géorgie et tant pis pour l'Ukraine, ces pays assoiffés de liberté qui réclament solidarité. Signe que le contrat d'origine s'effiloche, les nationalismes exclusifs et violents ressurgissent au sein d'une Union européenne qui se montre fort conciliante devant les tueries et les épurations ethniques à sa porte (en Ex-Yougoslavie et au Caucase, un Tchétchène sur cinq tué en douze ans).

L'Europe existe-t-elle encore? Autrement dit, est-elle prête et décidée à relever les défis géopolitiques majeurs du XXIe siècle? *Quid* du terrorisme planétaire? *Quid* de la cohabitation avec l'inquiétante autocratie du KGB-FSB? Comment exiger de la nouvelle puissance chinoise un minimum de respect et de droits pour ses propres citoyens et pour les peuples dont elle arme les massacreurs? Pourquoi accepter la paix des cimetières au Tibet, au Darfour, après avoir contemplé les ruines de Grozny sans broncher, telle la vache qui regarde les trains passer?

Divisée quant aux valeurs suprêmes, le Bien, le Beau, le Vrai, l'Europe le fut depuis toujours. C'est sa marque de fabrique et son trait d'origine. En Grèce antique, on comptait deux cent soixante tables des valeurs, une ou deux par cité… En Europe chrétienne, la messe latine s'opposait à la grecque et Rome à Constantinople. Puis vinrent les guerres entre réformés et catholiques. Puis les grandes batailles interétatiques. N'empêche qu'on a chanté dans tous les lieux de culte, si opposés soient-ils, d'identiques litanies: *Domine*, Seigneur, délivre-nous de la famine, de la guerre et de la peste. Culturellement et parfois politiquement, l'Europe s'accorde autour – et contre – des maux suprêmes, en abandonnant à son éternel relativisme la contestation des biens suprêmes. Le danger suicidaire qui la guette est de ne plus s'entendre sur les maux. Au nom du Bien, elle s'entr'égorgeait. Devant l'horreur et la catastrophe, elle peut apprendre à s'entendre.

Le vieux continent est unique en son genre. C'est une terre où les autochtones « vivent comme si Dieu n'existait pas ». La formule fut proférée à plusieurs reprises par un témoin avisé, inconsolable et incontestable : le pape Jean-Paul II. Telle est l'énigme des énigmes que nous incarnons, parfois à notre corps défendant. Se pourrait-il que loin de planer par-delà le bien et le mal, le vrai et le faux, loin de l'indifférence postmoderne nous réapprenions à déchiffrer lucidement l'adversité afin de résister ensemble ?

« Le temps n'est propre à nous amender qu'à reculons… estant peu appris des bons exemples, je me sers des mauvais, desquels la leçon est ordinaire » (Montaigne). « À reculons » n'implique pas la politique de l'autruche ni reculer devant les faits cuisants ; penser « à reculons », c'est sonder les gouffres, trouver le courage de dévisager le mal et lui barrer la route[3].

SOS Géorgie ? SOS Europe !

N'allez pas croire à une affaire simplement locale : il s'agit probablement du tournant le plus décisif de l'histoire européenne depuis la chute du mur de Berlin. Écoutez Moscou donner de la voix : « Génocide ! » accuse Poutine qui

---

3. *Corriere della Sera*, 23 mars 2008.

n'avait pas daigné prononcer le mot lors du cinquantième anniversaire d'Auschwitz; « Munich! » évoque le tendre Medvedev, insinuant que la Géorgie, avec ses quatre millions et demi d'habitants, est la réincarnation du IIIe Reich. Nous nous garderons bien de sous-estimer les capacités mentales de ces deux dirigeants. Aussi devinons-nous qu'en feignant l'indignation, et en la surjouant, ils manifestent leur volonté de frapper un très grand coup. Visiblement les *spin doctors* du Kremlin ont révisé les classiques de la propagande totalitaire : plus mon mensonge est gros, mieux je cogne.

Qui a tiré, cette semaine, le premier? La question est obsolète. Les Géorgiens se sont retirés d'Ossétie du Sud, territoire que la loi internationale place – rappelons-le tout de même – sous leur juridiction. Ils se sont retirés des villes avoisinantes. Convient-il qu'ils se retirent aussi de leur capitale? La vérité est que l'intervention de l'armée russe hors de ses frontières, contre un pays indépendant, membre de l'ONU, est une grande première depuis plusieurs décennies – très précisément, l'invasion de l'Afghanistan. En 1989, Gorbatchev avait refusé d'envoyer les tanks soviétiques contre la Pologne de Solidarnosc. Eltsine s'est bien gardé, cinq ans plus tard, de permettre aux divisions russes d'entrer en Yougoslavie pour soutenir Milošević. Poutine lui-même n'a pas pris le risque de faire donner ses troupes contre la révolution des Roses (Géorgie, 2002) puis la révolution Orange (Ukraine, 2004). Aujourd'hui, tout bascule. Et c'est un monde nouveau, avec de nouvelles règles, qui risque d'apparaître sous nos yeux.

Qu'attendent l'Union européenne et les États-Unis pour bloquer l'invasion de la Géorgie, leur amie? Verra-t-on Mikheil

Saakachvili, leader pro-occidental, démocratiquement élu, viré, exilé, remplacé par un fantoche ou pendu au bout d'une corde? L'ordre va-t-il régner à Tbilissi comme il a régné à Budapest en 1956 et à Prague en 1968? À ces questions simples, une réponse, une seule, s'impose. Il faut sauver, ici, une démocratie menacée de mort. Car il n'en va pas seulement de la Géorgie. Il en va aussi de l'Ukraine, de l'Azerbaïdjan, de l'Asie centrale, de l'Europe de l'Est, donc de l'Europe. Si nous laissons les tanks et les bombardiers casser la Géorgie, nous signifions à tous les voisins proches et moins proches de la Grande Russie que nous ne les défendrons jamais, que nos promesses sont des chiffons de papier, nos bons sentiments du vent et qu'ils n'ont rien à attendre de nous.

Il reste peu de temps. Commençons donc par énoncer clairement qui est l'agresseur: la Russie de Vladimir Poutine et de Dmitri Medvedev, ce « libéral » fameux et inconnu censé pondérer le nationalisme du premier. Rompons, ensuite, avec le régime de la tergiversation et des vessies prises pour lanternes: les deux cent mille tués de Tchétchénie, des « terroristes »; le sort du Caucase Nord, une « affaire intérieure »; Anna Politkovskaïa, une suicidaire; Litvinenko, un ovni... Et admettons enfin que l'autocratie poutinienne, née par la grâce des attentats obscurs qui ensanglantèrent Moscou en 1999, n'est pas un partenaire fiable, encore moins une puissance amie. De quel droit cette Russie-là, agressive, menaçante et de mauvaise foi, est-elle encore membre du G8? Pourquoi siège-t-elle au Conseil de l'Europe, institution vouée à défendre les valeurs de notre continent? À quoi bon maintenir les lourds investissements, notamment allemands, du gazoduc sous la Baltique pour le seul avantage – russe – de court-circuiter les tuyaux qui passent par l'Ukraine et la Pologne? Si le Kremlin persiste dans son agression caucasienne, ne convient-il pas que l'Union européenne reconsidère l'ensemble de ses relations avec son grand voisin? Il a autant besoin de vendre son pétrole que nous de l'acheter. Il n'est pas toujours impossible de faire chanter un maître chanteur. L'Europe, si elle trouve l'audace et la lucidité de relever le défi, est forte. Sinon elle est morte.

Les deux signataires de cet article adjuraient publiquement, dans une lettre datée du 29 mars 2008, Angela Merkel et Nicolas Sarkozy de ne pas bloquer le rapprochement de la Géorgie et de l'Ukraine avec l'OTAN. Une décision positive, écrivions-nous, « sanctuariserait les deux territoires géorgien et ukrainien. Le gaz continuerait d'arriver. Et la "logique de guerre", qui effraie tant nos Norpois, s'enrayerait aussitôt. À l'inverse, nous sommes convaincus que c'est notre refus qui enverrait un signal désastreux aux nouveaux tsars de la Russie nationale-capitaliste. Il leur montrerait que nous sommes faibles et veules, que la Géorgie et l'Ukraine sont des terres à conquérir et que nous les immolons de bon cœur sur l'autel de leurs ambitions impériales revenues. Ne pas intégrer ou, plus exactement, ne pas *envisager* d'intégrer ces pays à l'espace de civilisation européen déstabiliserait la région. Bref, c'est en cédant à Vladimir Poutine, c'est en lui sacrifiant nos principes, c'est en déclarant forfait avant d'avoir rien essayé, que nous renforcerions, à Moscou, le nationalisme le plus agressif ». C'était envisager le pire, sans vouloir trop y croire. Mais le pire est advenu. Pour ne pas froisser Moscou, la

France et l'Allemagne ont mis leur veto à cette perspective d'intégration. Poutine a si bien reçu le message qu'il a déclenché son offensive en guise de remerciement.

Il est temps de changer de méthode. Les Européens ont assisté, impuissants parce que divisés, au siège de Sarajevo. Ils ont vu s'opérer, impuissants parce que aveugles, la mise en pièces de Grozny. La lâcheté va-t-elle nous obliger, cette fois, à contempler, passifs et poussifs, la capitulation de la démocratie à Tbilissi? L'état-major du Kremlin n'a jamais cru en l'existence d'une « Union européenne ». Il professe que, sous les belles paroles dont Bruxelles est prodigue, grouillent les rivalités séculaires entre souverainetés nationales, manipulables à merci et se paralysant l'une l'autre. Le test géorgien vaut preuve d'existence ou de non-existence; l'Europe telle qu'elle s'est construite contre le rideau de fer, contre les fascismes d'antan et d'aujourd'hui, contre ses propres guerres coloniales, l'Europe qui a fêté la chute du Mur et salué les révolutions de Velours, se retrouve au bord du coma. 1945-2008... Verra-t-on la fin de notre brève histoire commune se sceller dans les olympiades de l'horreur au Caucase[4]?

Un signal désastreux

Convient-il de recevoir Poutine? Oui, voilà qui participe des servitudes d'un président de la République. Que Paris accueille le 27 novembre l'homme qui fait tuer ou

---

4. André GLUCKSMANN et Bernard-Henri LÉVY, *Libération*, 14 août 2010, *Corriere della Sera*...

emprisonner tant de mes amis, soit. Il est puissant. Mais, par pitié, échappons au déshonneur d'un Chirac lui décernant la grand-croix de la Légion d'honneur, ne consacrons pas l'assassin des Tchétchènes démocrate pur sucre ou parangon de vertu. Il faut dialoguer avec les grands de ce monde poliment, mais lucidement, même et surtout s'ils ne pensent ni ne se conduisent comme l'exige le respect de l'humain.

L'issue de ces rencontres solennelles échappe au commun des mortels. Et souvent à ceux qui les pratiquent, vu l'abondance des sous-entendus et des non-dits qui émaillent les tête-à-tête confidentiels entre gens de pouvoir. C'est après coup qu'on s'aperçoit qu'une imprécision de Washington a favorisé le déclenchement de la guerre de Corée par le bloc soviétique, après coup qu'on mesure l'impair d'une ambassadrice américaine persuadant Saddam Hussein qu'il bénéficiait d'un feu vert pour envahir le Koweit.

Avant même que Poutine n'arrive à Paris, un signal de même farine, pas moins dangereux dans l'*understatement* qu'il véhicule, vient d'être expédié. La scène se joue à Saint-Pétersbourg, annoncent les médias russes : du 23 au 27 novembre, le bijou de la marine française, baptisé Mistral, doit pavaner en rade de la Venise du Nord pour faire valoir ses évidentes potentialités de tueur. Le vaisseau d'attaque est polyvalent, il possède toutes les qualités d'un « bâtiment de commandement et de projection », porte-hélicoptères, barges de débarquement, canons et missiles, blindés amphibies et tanks. Le « navire à tout faire » est construit par

Thales et les chantiers de Brest. La Russie projette d'en acquérir cinq[5] (cinq cents millions d'euros pièce). C'est une première : jamais un pays de l'OTAN n'a signé de contrat d'armement avec la Russie, la France lève un tabou intangible depuis l'origine du Pacte atlantique. Cinq Mistral donc, annonce Paris ; « un seul », à dupliquer, glisse-t-on à Moscou pour rassurer les chantiers de la Baltique. Le ministre de la Guerre Hervé Morin et, tristement, celui des Affaires étrangères Bernard Kouchner se sont entremis pour vanter auprès de leurs homologues moscovites les avantages de ce « merveilleux bateau ».

Vladimir Vyssotski, commandant en chef de la marine russe, jubile. Et se frotte publiquement les mains : un tel navire, clame-t-il, « aurait permis à notre flotte de la mer Noire d'accomplir sa mission [en Géorgie] en quarante minutes au lieu de vingt-six heures ». Il ne s'agit pas d'une bévue de marin aviné, mais d'une mise au point avisée, dont les poutiniens sont prodigues : la Géorgie sera croquée au bon plaisir de Moscou avant que le monde puisse dire ouf.

À ceux qui n'auraient pas compris, Poutine lance un toast « à la réunification inéluctable de la Géorgie ». Nous sommes en novembre 2009, Primakov fête ses quatre-vingts ans, et tous les hauts dignitaires présents comprennent ce qu'il faut comprendre : la « réunification de la Géorgie et de la Russie » ! Pour tous ces braves gens, l'empire demeure un horizon indépassable.

---

5. Cf. Natalie NOUGAYRÈDE, *Le Monde*, 16 octobre 2009.

Le Quai d'Orsay croit-il jouer gagnant-gagnant avec le Kremlin ? L'opposition bien-pensante ne pipe mot. La France « réaliste » ne s'inquiète pas. Fournissant à Poutine les armes d'un débarquement rapide en Géorgie, en Ukraine (Crimée), voire dans les pays baltes, le message est clair : allez-y ! Quoi que fasse l'armée russe, nous ne protesterons qu'après coup, devant le fait accompli, donc en vain parce que trop tard. Plus question d'arrêter les chars aux portes de Tbilissi comme en août 2008 ! En signant la vente des Mistral, Nicolas Sarkozy paralyse sa diplomatie et s'interdit désormais toute possibilité de jouer les sauveteurs. Rancuniers, les dirigeants russes lui font manger son chapeau. Ce contrat « commercial » vaut encouragement au pire.

Je vous en prie, n'alléguez aucun « réalisme », alors qu'il ne s'agit que de la myopie coutumière à notre politique étrangère depuis plusieurs décennies. Comme d'habitude, malgré les belles paroles prononcées sous la porte de Brandebourg, notre chancellerie ignore les pays qui se sont extirpés de l'Union soviétique et qui entendent rester libres. Je reviens de Prague, où je fêtais avec Václav Havel la fin de l'empire russe : les nouveaux membres de l'Union européenne, je vous l'assure, professent une juste appréhension de ce qu'ils appellent avec dégoût le « poutinisme ». Ni les exécutions commanditées de journalistes et d'avocats, ni l'option de guerres préventives votée par la Douma, ni les chantages de Gazprom, ni les opérations militaires dans le nord puis le sud du Caucase ne rassurent les « voisins proches ». La Russie renoue avec ses pulsions conquérantes et xénophobes cultivées sous les tsars et les communistes.

Le contrat « juteux » des Mistral ne nous coupe pas seulement de nos amis d'Europe centrale, il nous désarme face à nos rivaux. Boeing, concurrent d'EADS pour un marché dix fois plus juteux d'avions ravitailleurs destinés à l'US Airforce, aura beau jeu de dénigrer le choix d'Airbus au congrès de Washington. On se souvient que la levée de l'embargo sur les ventes d'armes à la Chine, voulue par Chirac, échoua devant un veto US. Le « réalisme » à courte vue se retourne aisément contre nos intérêts. On ne saurait plus naïvement offrir des verges pour se faire fouetter.

Il est regrettable que le président Sarkozy, mon « candidat » et ami, qui affirmait que deux cent mille Tchétchènes tués par l'armée russe n'étaient « pas un détail », qui rejetait « une *realpolitik* qui brade nos principes d'humanité pour d'hypothétiques contrats », semble désormais moins inquiet des violences poutiniennes. Pourtant, une fois élu, il a souvent favorisé une exception tchétchène en matière de droit d'asile. Il est regrettable que mon ami de toujours Bernard Kouchner glisse de *L'Île de Lumière* (bateau lancé par lui pour secourir les *boatpeople* vietnamiens) au Mistral (navire propre à intimider ou punir les populations insoumises). Aux amis on doit la vérité.

De tels retournements relèvent d'un effet *Galileo Galilei*, du nom de la pièce de Brecht analysant la mutation d'un intellectuel éclairé et humaniste en pape autoritaire, lequel finit par livrer le savant à l'Inquisition. La mise en scène du Berliner Ensemble illustrait l'écrasement du futur pontife sous l'amas de sa cérémonielle et pesante garde-robe. L'institution avait raison de l'esprit libre. Le Quai d'Orsay va-t-il coloniser son ministre? Les ors de l'Élysée insuffle-ront-ils à leur locataire l'indifférence des Grands à l'égard des peuples soucieux d'indépendance et de dignité, fussent-ils petits et misérables?

Certes, les droits de l'homme ne font pas une politique extérieure. Des considérations plus terre à terre doivent avoir le dernier mot. Mais est-il réaliste d'encourager, plutôt que de contenir, une autocratie qui liquide la liberté d'expression et assassine les nouveaux dissidents, tandis qu'elle cultive une insondable corruption (146e rang mondial, *ex æquo* avec le Zimbabwe[6])? Est-il astucieux de parfaire son surarme-ment? Est-il prudent de désespérer ceux qui jouent leur vie pour bloquer ce despotisme *new-look*? Est-il rationnel de tout miser sur les assurances rhétoriques d'un président Medvedev, aux mains d'autant plus blanches qu'il n'a jusqu'aujourd'hui pas de mains?

Il n'est jamais trop tard pour bloquer une idée sotte et grise. La vente du Mistral laisse mal augurer des pouvoirs du haut-commissaire à la politique étrangère prévus par le traité de Lisbonne. Chacun pour soi? Autant confier à notre « ami Lavrov » le soin de représenter le continent européen auprès de messieurs Obama et Hu Jintao[7].

---

6. En 2010, Transparency International déclasse la Russie au 154e rang, entre le Zimbabwe et la Somalie qui bat les records de corruption mondia-le. À quoi sert Medvedev?

7. 21 novembre 2009, *Le Monde*, 27 novembre 2009, *Corriere della Sera*, 27 novembre 2009, « *22* » (Roumanie), *Gazeta W* (Pologne), *Mlada Fronta Dnes* (Tchéquie), *Standard* (Autriche), *Die Welt* (Allemagne)…

Le choc des philosophies

Signe des temps, douze caricatures dans un journal suffirent à plonger les vingt-cinq pays de l'Union européenne dans une confusion intellectuelle et politique rare. Faut-il condamner le Danemark ou s'affirmer solidaires? Convient-il de « comprendre », voire de faire les yeux doux aux islamistes criant À mort? L'Union européenne parie sur la désunion. Pratiquement chaque gouvernement tente de tirer son épingle du jeu, Paris ou Londres ne sont pas Copenhague, que diable! Théoriquement, le désarroi mental est à son comble: où commence le respect dû aux opinions d'autrui, où s'arrête la liberté de critiquer? Les chancelleries se satisfont du plus petit dénominateur commun et suggèrent qu'il n'est pas convenable de brûler les ambassades. En face, le manifestant fanatique, torche à la main, réplique: qui a commencé? Vous avez incendié ma cervelle, je me contente de mettre le feu à vos résidences, à vos bureaux et à vos drapeaux, admirez ma mansuétude!

L'embarras et la cacophonie des Européens encourage les surenchères. Cinquante-six nations de la « conférence islamique » ont tenté d'imposer à l'ONU, au titre des droits de l'homme, une législation contre la « diffamation des religions et des prophètes ». L'enjeu est de taille, le droit d'exprimer son opinion, fût-elle choquante, de discuter les tabous religieux, sexuels et sociaux, fussent-ils majoritaires, est un acquis très cher payé de l'humanisme classique et de la démocratie moderne. Une censure supra-étatique, au bon plaisir des multiples autorités morales et religieuses, signifie une régression décisive. Elle ne peut s'imposer que sous la menace, elle serait acceptée par volonté d'apaisement et de soumission.

L'escalade suit son cours. La campagne anticaricature a commencé contre un journal, puis a visé le Danemark qui se réclame de la liberté de la presse et désormais prend pour cible l'Europe accusée de pratiquer deux poids, deux mesures. L'Union européenne n'admet-elle pas qu'on dénigre impunément le prophète alors qu'elle interdit et condamne d'autres « opinions » comme le nazisme et le négationnisme ? Pourquoi est-il permis de plaisanter sur Mahomet et non sur le génocide des Juifs ? interrogent à cor et à cri les intégristes en lançant un concours de dessins humoristiques sur Auschwitz. Donnant, donnant – ou bien tout doit être autorisé au nom du *free speech*, ou bien censurons équitablement ce qui choque les uns comme ce qui hérisse les autres. Beaucoup de défenseurs du droit à la caricature se sentent piégés. Au nom de la liberté d'expression, vont-ils publier des quolibets sur les chambres à gaz ?

Irrespect pour irrespect ? Transgression pour transgression ? Faut-il mettre sur le même plan la négation d'Auschwitz et la désacralisation de Mahomet ? C'est ici que deux philosophies irréductiblement s'opposent. L'une dit oui, il s'agit de deux « croyances » équivalentes, également bafouées ; il n'existe pas de différence entre vérité de fait et profession de foi ; la conviction que le génocide a eu lieu et la certitude que Mahomet fut éclairé par l'ange Gabriel sont du même registre. L'autre dit non, la réalité des camps de la mort est de l'ordre du constat, pas la sacralité des prophètes, qui relève de l'engagement des fidèles. Pareille distinction entre le factuel et la croyance est au fondement de la pensée occidentale. Déjà Aristote sépare d'une part le discours indicatif (« apophantique ») susceptible d'être discuté afin d'aboutir à une affirmation ou une négation, d'autre part les prières. Ces dernières échappent à la discussion parce qu'elles ne constatent pas, elles implorent, promettent, jurent, décrètent; elles ne visent pas une information mais une performance (*De interpretatione* IV). Lorsque l'islamiste fanatique affirme que les Européens pratiquent la « religion de la Shoah », comme lui celle de Mahomet, il abolit la distinction du fait et de la croyance; pour lui, il n'existe que des croyances, donc l'Europe favorise hypocritement les unes contre les autres.

Le discours civilisé, sans distinction de race ou de confession, analyse et circonscrit des vérités scientifiques, des vérités historiques et des états de fait qui ne relèvent pas de la foi, mais de la connaissance. On peut les tenir pour profanes et d'une dignité inférieure, n'empêche qu'elles ne se confondent pas avec les vérités de la religion, que l'on soit chiite, sunnite, chrétien, juif, bouddhiste ou agnostique. Notre planète n'est pas la proie d'un choc de civilisations ou de cultures, elle est le haut lieu d'une bataille décisive entre deux méthodes de pensée. Il y a ceux qui décrètent qu'il n'existe pas de faits mais seulement des interprétations qui sont autant d'actes de foi. Ceux-là versent ou bien dans le fanatisme (« je suis la vérité ») ou bien tombent dans le nihilisme (« rien n'est vrai, rien n'est faux »). En face, il y a ceux pour qui la libre discussion en vue de séparer le faux du vrai a un sens, de sorte que le politique comme le scientifique ou le simple jugement peuvent se régler sur des données profanes indépendantes des opinions arbitraires et préétablies.

Une pensée totalitaire ne supporte pas d'être contestée. Dogmatique, elle affirme en brandissant le petit livre rouge, noir ou vert. Obscurantiste, elle fusionne politique et religion. Au contraire, les pensées antitotalitaires tiennent les faits pour des faits et reconnaissent même les plus hideux, ceux-là mêmes que par angoisse ou commodité on préférerait occulter. La mise en lumière du Goulag a permis la critique et le rejet du « socialisme réel ». La considération des abominations nazies et l'ouverture très réelle des camps d'extermination ont converti l'Européen à la démocratie après 1945. En revanche, le refus de l'histoire dans ses vérités les plus cruelles annonce le retour des cruautés. N'en déplaise aux islamistes – qui sont loin de représenter les musulmans –, il n'y a pas de commune mesure entre la négation de faits avérés comme tels et la critique verbale ou dessinée des multiples croyances que chaque Européen a le droit de cultiver ou de moquer.

Depuis des siècles, Jupiter ou le Christ, Jehovah et Allah ont essuyé force plaisanteries et marques d'irrespect. À ce jeu, du reste, les Juifs sont les meilleurs critiques de Yahvé, ils en ont même fait une spécialité. Cela n'empêche pas le vrai croyant de toute confession de croire et de consentir à laisser vivre ceux qui ne croient pas comme lui. La paix religieuse s'instaure à ce prix. Par contre, plaisanter des chambres à gaz, s'amuser des femmes violées et des bébés éventrés, sanctifier les décollations télévisées et les bombes humaines annonce un avenir insupportable.

Il est grand temps que les démocrates retrouvent leur esprit et les États de droit leurs principes; il faut qu'ils rappellent solennellement et solidairement qu'il n'est pas question qu'une, deux, trois religions, quatre ou cinq idéologies décident ce que le citoyen est en droit de dire ou de penser. Il n'en va pas seulement de la liberté de la presse, mais de la permission de nommer un chat un chat et une chambre à gaz un *fait* abominable, abominable quelles que soient nos croyances et nos fois. Il en va du principe de toute morale : sur cette terre, le respect dû à chaque individu commence par la mise en évidence universelle et le rejet commun des plus flagrants exemples d'inhumanité[8].

Penser n'est pas prier

Nous entrons dans le XXIe siècle avec l'innocence attribuée à tort aux enfants et une candeur excusable chez les analphabètes. L'Europe occidentale s'obstine à exister à la mode « post- », elle juge que les grandes catastrophes sont derrière elle ; les débats et les combats lui paraissent anachroniques ; les défis à la vie à la mort semblent appartenir à un passé révolu. Elle opine qu'il est mal de dire du mal du mal (déjà Machiavel se gaussait d'un tel irénisme) et que seul un attardé – américain évidemment – peut estimer que le fanatisme politico-religieux, ou nationaliste, ou raciste, vise la civilisation dans son ensemble.

L'unique menace résiderait donc en ceux qui croient aux menaces. « Pas de Panique ! » ont clamé les officiels droits

8. 26 février 2006, publié dans *Corriere della Sera*, *El País*, *Le Monde*, 4 mars 2006, *Perlentaucher*, *Standard* (Vienne), *MFD* (Prague)...

dans leurs bottes, alors qu'au cœur de l'Europe, dix ans durant, Milošević massacrait et purifiait ethniquement. « Foin d'émotion ! Il faut raison garder », ajoutèrent-ils impavides lorsque les Twin Towers s'écrasaient sur leurs habitants. Le génocide des Tutsis du Rwanda, les hécatombes de Tchétchénie depuis douze ans, et du Darfour depuis trois ans nous laissent de glace. Motus, bouche cousue, l'important pour les importants c'est de savoir fermer les yeux. Le marchand de sable passe, bonne nuit les petits.

Les sommeils de la raison émancipent les monstres. Tandis que nous nous immergeons dans une posthistoire tranquille, d'autres à la porte nous préparent des réveils fracassants. Pendant trois ans, la Troïka européenne (Grande-Bretagne, France, Allemagne) fut menée en bateau par les négociateurs de Téhéran, le temps d'accélérer les préparatifs à peine dissimulés de la « Bombe » iranienne. Le recours tardif au Conseil de sécurité, les tergiversations prévisibles des démocraties, l'obstruction de la Russie et de la Chine promettent d'accorder à la « Révolution islamiste » les délais qu'elle juge nécessaires.

« Pourquoi s'inquiéter ? » glissent les bonnes âmes. L'Iran aura sa bombe, et alors ? Le Pakistan, l'Inde, Israël, la Corée du Nord l'ont acquise malgré le souci partout affiché de non-prolifération. La multiplication des détenteurs de l'arme absolue n'est-elle pas un processus irréversible ? Sauf qu'il ne faut pas en sous-estimer le danger, en l'occurrence plus on est de fous, moins on rit, parce que moins contrôlable s'avère la dissuasion entre n+1 acteurs. Sauf qu'il n'est pas impossible de ralentir cette dissémination, témoins le Brésil, l'Argentine, la Libye qui délaissent le nucléaire militaire. Sauf que l'Iran risque au contraire par son exemple de multiplier les candidats à l'arme absolue. Sauf que l'Iran est l'Iran, porte-drapeau universel de la révolution islamique telle que l'Imam Khomeiny l'instaura en 1979.

Pour l'intégriste Mahmoud Ahmadinejad et ses acolytes, portés par leur hystérie divine, les faits n'existent pas, il n'y a que les croyances. Auschwitz est l'invention d'une « religion de la Shoah » au service de qui vous devinez, les Juifs et les Américains sataniques. Quant à l'arme nucléaire, selon ses maîtres théologiens de Qom, elle ne change rien, c'est un « outil » comme tant d'autres, tout dépend de qui l'utilise et à quelle fin. Rafsandjani le « modéré », son prédécesseur à la présidence de la République islamique, a calculé les coûts : pour cinq millions de morts israéliens il compte quinze millions d'Iraniens morts et conclut qu'au regard du milliard de musulmans sur terre, l'affaire est rentable. En avant pour le Djihad atomique !

Pour l'Européen, Auschwitz et Hiroshima sont des faits dont le constat transcende les œillères idéologiques et les convictions religieuses. L'Europe occidentale d'après 1945 s'est libérée du fanatisme par la pensée. Elle abjura ses religions politiques – nazisme, communisme – en procédant à des constats douloureux : camps de la mort et Goulag. De même, à la lumière terrible d'Hiroshima, notre rapport à la guerre mute ; les uns optent pour un pacifisme sans rivage ; les autres, dont je suis, pour la dissuasion ; mais tous reconnaissent que l'arme absolue fait mentalement, moralement, stratégiquement rupture. Tous sauf Mahmoud

Ahmadinejad qui s'affiche pur héros de la foi et jette aux
orties toute autre considération.

Croire qu'il suffit de croire est une pathologie qui guette
tout un chacun et n'importe quelle religion, fût-elle séculière
et matérialiste. Est superstitieux celui qui entend des voix
sans s'interroger sur les voix qu'il entend. Est outrecuidant
celui qui n'examine pas l'authenticité de ses engagements.
L'union de la superstition et des présomptions d'amour-
propre donne le fanatisme : Dieu est en moi et je suis en
Dieu, inutile de penser puisque d'ores et déjà ma cervelle
habite un petit coin de paradis.

La faculté de voir les choses en face est la pensée. Ce
regard froid qui indique et constate, Aristote l'oppose à la
prière qui commande, implore, exige, se veut performante et
non informative. Si penser n'est pas prier, convient-il
réciproquement de prier sans penser ? Nullement. Les
religions non pathologiques distinguent le temporel et le
spirituel, le roi et le prêtre dans la Bible, le calife et le
prédicateur chez les musulmans, l'ordre du monde et celui
de la foi dans la tradition chrétienne : « Je crois afin de
comprendre », profèrent Augustin et Anselme, premiers
intellectuels d'une civilisation postromaine.

Dès l'instant qu'une foi sans pensée prend les commandes,
les crans d'arrêt risquent de céder et un fanatisme à
machoires nucléaires menace la survie des simples mortels[9].

---

9. *Figaro Magazine*, 25 mars 2006, *Corriere della Sera*, *Democratya*
(Grande-Bretagne), *New Republic* (USA), *Perlentaucher* (Suisse), *Die Welt*,
Standard, *MFD* (Prague).

3

Un nouvel antisémitisme

La haine des Juifs

Il y a peu, un haut dirigeant de l'American Jewish Committee me demandait, avec un sourire un tantinet sceptique : « Pensez-vous qu'il existe véritablement un *nouvel* antisémitisme ? » Je comprenais sa réticence : le fait que le Protocole des sages de Sion soit un best-seller dans les pays musulmans, l'idée généralement diffusée d'un complot juif mondial menaçant la paix internationale, rien là qui puisse passer pour une nouveauté, le vieil antisémitisme de toujours paraît planétairement triompher.

La thèse de ce livre est franche et carrée : oui, il existe un nouvel antisémitisme qui, loin d'éliminer l'ancien, le revigore, le rafraîchit, lui confère une virulence inédite et une puissance mentale mondiale inégalée. Sinon, comment expliquer que l'État d'Israël avec ses cinq millions d'habitants soit devenu pour plusieurs milliards de Terriens le danger public numéro 1 ? Dans une Europe agnostique qui ne croit plus à Dieu ou au Diable et qui se pique de rationalité, dans une Asie où le Juif est une espèce rare, bien souvent inconnue, ou encore en Amérique latine et en Afrique

(Rwanda postgénocide mis à part), partout l'opinion s'accorde à désigner Tel-Aviv et Jérusalem comme le détonateur principal d'une guerre mondiale risquant de faire exploser l'univers. Tant qu'il y a conflit au Moyen-Orient, l'humanité séjourne au bord de l'abîme. Dès que la « question palestinienne » sera résolue, une paix stable descendra comme par enchantement sur le chaos universel : tous enfin réconciliés, Occidentaux et anti-Occidentaux, terroristes sans frontières et victimes civiles iront paître de concert comme le loup et l'agneau. Rares sont les officiels qui s'épargnent pareille prédication pétrie de bons sentiments surréalistes.

Mauvais coucheurs, gêneurs impénitents, les Juifs n'ont pas cessé de troubler le consensus bien-pensant dominant. La Rome païenne s'étonnait d'un petit peuple lettré dont la résistance militaire, mais encore plus culturelle, imposait à l'empire d'infranchissables limites annonciatrices de son déclin. L'Europe chrétienne buta contre les « infidèles » éclairés dont l'existence mettait en doute son infaillibilité et l'obligeait finalement à inventer le libre examen humaniste des textes les plus sacrés. À l'âge des Nations, les Juifs à leur insu incarnèrent l'Europe sans frontières de la libre circulation des biens, des idées et des sentiments, d'où leur condamnation comme parias et apatrides par tous les nationalismes. Aujourd'hui, à l'heure de la mondialisation, ils jouent derechef les hérétiques inattendus, souvent sans s'en rendre compte eux-mêmes.

Le XXIᵉ siècle célèbre, non sans une naïve arrogance, la mort des idéologies. En effet, le nazisme ne nourrit plus que des pulsions clandestines. Et le marxisme bat de l'aile, la faillite générale des programmes communistes réduit à néant son projet d'avenir universel ; il se borne à fournir un stock d'imprécations anticapitalistes, anti-occidentales, altermondialistes pour d'hétéroclites contestations que leur absence de perspectives crédibles condamne au nihilisme. Quant à l'islamisme, son rêve de retour aux premiers temps de l'Hégire montre assez qu'il ne comprend rien à un monde moderne qu'il veut, purement et simplement, dynamiter. Nous vivons la fin des grands récits qui « expliquent » l'histoire au long cours de l'humanité, à la mode de la philosophie systématique allemande du XIXe siècle. Nos idéologies dominantes sont plus frustes, moins savantes, mais tout aussi trompeuses et illusoires.

Par quelle aberration croit-on, dur comme fer, que le sort du monde se joue à Jérusalem ? D'où vient que le petit Israël se transforme en diabolique ennemi du genre humain ? Son infime territoire reste constamment menacé, depuis 1947, d'invasion et d'anéantissement. Son arsenal militaire demeure somme toute modeste comparé aux potentiels des États-Unis, de la Russie, de la Chine avec son protégé nord-coréen, et même de la France ou de la Grande-Bretagne. Par quelle aberration *bis* s'est-on persuadé que l'avenir du monde se joue dans un mouchoir de poche entre Palestiniens et Israéliens, quitte à faire monter les enchères au risque de vérifier une prophétie qui se confirme elle-même en laissant le feu embraser les proches et les lointains jusqu'à l'apocalypse finale ? Pourquoi la communauté des pays civilisés admet-elle qu'un État – l'Iran – projette publiquement de « rayer de la carte » un autre État reconnu par l'ONU ?

L'organisation mondiale n'a-t-elle légitimé sans problème une guerre contre Saddam Hussein pour sauver le Koweit ? Qu'est-ce qui rend le Koweit, aux yeux d'une opinion publique hésitante, plus digne d'exister que l'État d'Israël ?

Depuis le 11 septembre 2001, nous sommes entrés, nul ne l'ignore, dans l'ère du terrorisme sans frontières, dont la bombe humaine, homicide et suicidaire, est l'emblème suprême. Cette trouvaille particulièrement macabre n'est aucunement une spécificité islamiste, les tigres tamouls cultivent cette arme pour des motifs ethnoreligieux d'une autre saveur et le goût du meurtre suicide hante bien des cervelles sous toutes les latitudes. Après tout les phalanges franquistes fidèles du Christ Roi hurlaient déjà, voilà trois quarts de siècle : « Viva la muerte ! » Pour façonner un simple citoyen en bombe humaine, il faut et il suffit de le persuader qu'il est confronté au diable, un diable tellement diabolique qu'il vaut mieux mourir avec lui plutôt que de le laisser vivre. C'est la haine et pas l'amour, pas l'espérance, pas la foi, qui propulse idéologiquement le meurtre suicidaire.

Réitérons aujourd'hui la question de Shylock : pourquoi tant de haine ? Par ultranationalisme bestial ? Par fanatisme religieux camouflé sous l'alibi anticolonialiste ? L'enthousiasme propalestinien déborde ces motivations classiques. Il plaît à une gauche postmarxiste qui a perdu son prolétaire prométhéen et trouve miraculeusement l'icône du fedayin sans peur et sans reproche. Il nourrit l'inaction des campus. Il agite les salons, comme jadis la « folie serbe » en 1890 : « Tout ce que faisaient les classes aisées pour tuer leur ennemi naturel, l'ennui, se faisait maintenant au profit des Slaves. En tête venaient tous ceux qui travaillaient dans le journalisme... Ensuite venaient les ratés, les frustrés... Répandre sciemment le mensonge et cacher la vérité était considéré comme du tact politique, si c'était nécessaire à l'exaltation générale... Des dames en pelisse de zibeline et en robes à traîne allaient extorquer de l'argent aux paysans et le produit de la quête était inférieur au prix de la traîne. » Le mépris de Léon Tolstoï contre les fièvres belliqueuses des bonnes âmes russes de son temps – dernier chapitre d'*Anna Karenine* – fut quelque peu édulcoré par son éditeur effrayé. Pourtant Tolstoï avait sondé l'abîme, deux décennies plus tard les terroristes serbo-russes de la Main noire assassinaient l'archiduc d'Autriche, à Sarajevo, déclenchant la Première Guerre mondiale. Creusons la question.

Pourquoi le terrorisme sanglant et indiscriminé des « bombes » palestiniennes bénéficie-t-il aux yeux de l'opinion d'un statut si outrageusement privilégié ? Pourquoi tant de compréhension, de complaisances affichées ? Par bonté anticolonialiste ? Par peur des colères de l'Islam ? Rien de semblable pour les combattants tchétchènes, musulmans eux aussi, qu'on a laissé massacrer, femmes et enfants compris, par l'armée russe. Exception mondiale depuis des décennies : les Palestiniens peuvent faire sauter les bus et les restaurants bondés, lancer leurs gosses à l'assaut, voire même s'entretuer, sans que leur image, auréolée de gloire, n'en pâtisse. La compassion des bien-pensants leur semble garantie une fois pour toutes. Inutile qu'ils affichent une image angélique ou proposent un avenir de tolérance et de démocratie, on ne leur en demande pas tant. Pour les justifier *urbi et orbi*, il suffit de désigner leur adversaire : le pousse au crime originel, en un mot, le sale Juif.

La faveur universelle dont bénéficie le combattant palestinien est inversement proportionnelle à la défaveur qui entoure l'Israélien en particulier et le Juif en général, ostracisés comme empêcheurs de tourner en paix. Ce livre tente de démonter la mécanique carnavalesque qui fait tourner les têtes contemporaines. Son hypothèse de départ : le mensonge commence dans la célébration abusive d'une paix générale et définitive. Les pacifistes ne sont pas seuls à penser que l'âge d'or est à portée de main. Après la chute du mur de Berlin, la fin de la guerre froide fut sanctifiée comme la fin de l'histoire. Entendez l'extinction de l'épopée tragique que l'humanité assumait depuis la préhistoire. La Bonne Nouvelle géopolitique, propagée naïvement ou cyniquement par les autorités civiles et religieuses, réchauffait les cœurs, bien que démentie par les faits. Il fallut ensuite expliquer le retard des grandes espérances et le retour du refoulé. Pendant que Washington, Paris, Berlin chantaient le « nouvel ordre mondial » fut perpétré le dernier génocide du XXᵉ siècle, sous l'œil des caméras cette fois : dix mille Tutsis découpés à la machette chaque jour pendant trois longs mois. Dans l'indifférence mondiale et la complicité universelle.

Le Juif ne témoigne pas uniquement pour le passé, mais pour le présent et les orages à venir. Sus au Juif qui, à son corps défendant, signale que l'histoire humaine a été, est et demeure tragique ! Sus à l'oiseau de mauvais augure qui interdit de dormir tranquille! Les gardiens de nos sommeils font l'ordre dans nos têtes, ils cultivent l'euphémisme et les bons sentiments, mais le sommeil de la raison engendre les monstres[1].

Tunis, Le Caire, Jérusalem : une leçon pour le monde entier

Un événement qui ne se produit pas occupe rarement la une des informations. Les reporters s'attachent à décrire ce qui se passe, ils ne sont pas chargés d'inventorier ce qui ne se passe pas. Certains notèrent pourtant qu'en Tunisie comme en Égypte, au plus chaud des manifestations millionnaires, nul n'a songé à brûler des drapeaux, ni l'américain ni l'israélien, aucune effigie d'Obama ou de Netanyahou piétinée face caméra, pas de slogans vengeurs, « Palestine vaincra » ou « À mort Israël ». Une aussi étonnante mutation des conduites manifestantes n'a pas suscité force commentaires. Comment comprendre la mise à l'écart de l'éternel conflit israélo-palestinien ? Ce n'était pas le problème ? Ce n'était pas le moment ? Ils n'avaient pas la tête à ça, quand justement ils la relevaient ? On ne perd rien pour attendre ? Voire !

Le refoulé n'a pas disparu, un portrait solitaire de Moubarak affublé de l'étoile de David, une reporter de CBS, Lara Logan, battue et violée aux cris de « juive, juive » (sauvée par un groupe de femmes et quelques soldats), la

1. Paris, juillet 2007, préface à l'édition israélienne du *Discours de la haine* (Paris, Plon, 2004).

synagogue de Tunis insultée par un minuscule groupuscule intégriste (dispersé par la foule). Alors que des millions de révoltés étaient libres de leurs mouvements, de leurs bonnes comme de leurs mauvaises pensées, on imagine ce qui aurait pu se passer à grande échelle et qui ne s'est pas produit à grande échelle.

Pareil non-événement est un événement. Depuis que l'État d'Israël existe, il est mondialement convenu que le sort de Jérusalem, des réfugiés palestiniens ou des territoires occupés est la question centrale. Ce nœud gordien, à trancher en priorité absolue, expliquerait la nécessité des dictatures, l'absence de liberté en pays arabe, il justifierait la mobilisation antioccidentale du prétendu « monde musulman », sans parler des blocages culturels ou machistes du Maghreb, du Machrek, comme ceux des émigrés de première, deuxième, troisième générations dans les banlieues européennes. À droite comme à gauche, n'a-t-on pas seriné que, faute d'une paix authentique entre le Jourdain et la Méditerranée, aucune avancée, aucune modernité démocratique n'était possible pour plus de trois cents millions d'Arabes (ou Berbères) et même un milliard de musulmans ? Or, qu'a-t-on vu ? Exactement le contraire. Les rapports entre Israël et la Palestine sont au plus bas, jamais depuis Oslo les promesses d'entente n'ont paru aussi vaines, il n'empêche : au même moment une soif de liberté imprévue, inespérée, embrase la « rue arabe ».

Attention, n'allons pas imaginer que les pleurs et les cris de joie font tout oublier, ou qu'entre les temps d'angoisse et les exultations victorieuses la foule s'autorise un déni de

réalité. Il n'y a pas de *black-out*. Pour s'informer, les insurgés
scrutent les heurs et les malheurs de leur mouvement sur les
chaînes satellitaires. Il leur suffit d'allumer Al-Jazira pour
suivre les révélations de Wikileaks touchant les négociations
secrètes des autorités palestiniennes et les protestations du
Hamas. Le Caire n'ignore pas Gaza et Tel-Aviv, c'est en toute
connaissance de cause que les révolutionnaires n'ont accordé
aucune priorité à ce qui est censé obséder les masses
« arabes » depuis un demi-siècle.

Il faut peser le démenti qu'apporte l'actualité à l'aune des
préjugés cultivés en rond. Les Tunisiens et les Égyptiens, en
ce début d'année 2011, sont plus réalistes et plus intelligents
que les géopoliticiens diplômés : pour les révolutionnaires de
la place Tahrir, Jérusalem n'est pas le centre du monde.
Quand les gouvernants provisoires de l'après-Moubarak
précisent qu'ils respecteront les traités internationaux, y
compris la paix avec Israël, nul n'appelle à la guerre, nul ne
s'offusque et les Frères musulmans ne bronchent pas. Il s'est
même trouvé de jeunes manifestantes voilées pour désirer
une « démocratie égyptienne comme en Israël ». Pour tous,
l'ordre des préséances est renversé, la question palestinienne
est renvoyée à plus tard, loin de déterminer l'alpha, l'oméga
et le cours du monde.

Il y a vingt ans, soutenant avec quelques amis les
démocrates algériens, journalistes et femmes victimes de la
violence islamiste, mais aussi les paysans massacrés à tour de
bras, j'écrivais qu'il fallait apprendre à compter jusqu'à trois :
le Front islamique du salut et GIA + l'armée + les résistants
civils misant leur vie pour la liberté, la laïcité et les droits de

l'homme. Après dix terribles années algériennes, ce tiers-parti se retrouve coincé entre la police des corps (le pouvoir répressif et les monopoles économiques de l'appareil militaire) et la police des esprits (les prêcheurs mal repentis des mosquées). Leur combat continue, en Tunisie et en Égypte, il creuse un fossé générationnel. À leur tour, les jeunes – Google, Facebook, Twitter aidant – obligent pour la première fois la société entière à compter jusqu'à trois. Ni les militaires, ni les Frères n'ont, à ce jour, annexé les chevaliers du Web qui réclament l'ouverture sur le monde, la liberté de communiquer, l'égalité des sexes et rencontrent l'immense pauvreté qui les entoure. Est-ce à dire que le destin de la Palestine les indiffère ? Je n'en crois rien, on s'en apercevra tôt ou tard. Mais là n'est plus l'obsession des obsessions, celle qui rendait compte de tous les malheurs, excusant les tyrannies, couvrant d'un voile de mensonges les misères mentales et matérielles.

Qu'elles aient été propalestiniennes ou pro-israéliennes, les autorités diplomatiques et militantes sont tombées dans le piège du « conflit de civilisations » à la Huntington. Les chancelleries musulmanes et occidentales, Quai d'Orsay en tête, juraient que la question palestinienne, elle seule, mobili-sait les « masses ». Longtemps ce préalable absolu a motivé, côté altermondialiste, l'étrange complaisance dont bénéfi-ciaient les appels au terrorisme. Pour d'autres, côté israélien, la haine, insurmontable autant qu'insécable obnubilant un Moyen-Orient paralysé, parut justifier les opérations militaires les plus dures comme les plus stériles ou les démissions pacifistes les plus désespérées. Il est temps de remettre les pendules à l'heure. Il n'y a pas de fatalité à la soumission, ni par nature ni par culture, les peuples ne sont pas condamnés à s'entredéchirer, ils peuvent être responsables. Rien n'est acquis, ni la démocratie à l'intérieur, ni la coexistence paisible à l'extérieur, mais rien non plus, comme on le fantasmait hier, n'est perdu d'avance[2].

---

2. 14 février 2011, *Le Monde*, 18 février 2011, *Perlentaucher* (Allemagne), *Information* (Danemark).

4

Pour introduire au nihilisme

Notre survie nucléaire

On suppose à tort que la Corée du Nord représente une exception absolue, un vestige parfaitement anachronique des plus folles dictatures du siècle dernier. Certes, Pyongyang est un musée d'histoire vivante et les images qu'il offre enseignent aux enfants des écoles du monde entier ce que furent les défilés obligatoires, massifs, militaires et gymniques de la place Rouge, de Nuremberg et Berlin, Pékin, Tirana, La Havane ou Addis-Abeba. Pourtant ce n'est pas seulement le passé, mais les pires perspectives d'avenir qu'il convient d'évoquer. À travers les sanglants coups de semonce, qui atterrent Séoul et effraient Tokyo – troisième puissance économique mondiale –, il faut réapprendre à « penser l'impensable » comme le tentèrent les stratèges d'il y a cinquante ans.

La page de la guerre froide a beau être tournée, la prolifération nucléaire angoisse encore. Le régime communiste de Corée dévoile pour aujourd'hui et pour demain l'effarant privilège que confère la possession (avouée ou pas, supposée ou réelle) d'armes de destruction massive. Milošević qui n'en possédait pas, fut, au bout de dix années d'hésitations, bombardé puis arrêté, condamné pour nettoyage ethnique en Bosnie et au Kosovo. La Russie, où les silos atomiques débordent, n'a reçu que faibles remontrances pour ses expéditions génocidaires au Caucase. Deux poids, deux mesures, la leçon est entendue. Pyongyang affiche un arsenal plus que menaçant pour ses voisins – Séoul est à portée de canons, Tokyo à portée de missiles – et, par conséquent, s'autorise menaces et chantage. Kim père et fils s'estiment tout permis. Qui détient une capacité de destruction généralisée prétend bénéficier de l'immunité.

En 1945, la double révélation d'Auschwitz et d'Hiroshima confronta l'humanité à l'horizon de sa propre destruction. Force fut de convenir qu'une pulsion génocidaire couvait dans les cinq continents, abritée et entretenue sous divers alibis idéologiques et religieux. La capacité technologique d'en finir aggrave le tableau. Depuis un demi-siècle, la « prolifération nucléaire » menace pour des raisons pas seulement arithmétiques (plus on est de fous moins on rit) : un parapluie atomique confère aux despotes le pouvoir de massacrer leurs sujets (en priorité) et leurs voisins sans qu'aucune grande puissance intervienne, aucune coalition non plus, ni l'OTAN ni l'ONU. Lorsque des pays fascistes virent à la démocratie, avec la liberté recouvrée ils abandonnent leurs prétentions et délaissent leurs préparatifs nucléaires. Vive le Brésil et l'Argentine ! Lorsque des pays veulent renforcer ou éterniser leur tyrannie, ils se tournent vers l'armement nucléaire (tel l'Iran à qui, en bonne solidarité prédatrice, Kim-Soleil rouge livre ses fusées à longue portée capables d'atteindre l'Europe). Aujourd'hui, entre prolifération nucléaire et programmation totalitaire, il y a photo. Bien davantage qu'un monstre préhistorique la Corée du Nord incarne la hantise d'un futur qui risque de nous échapper.

N'allons pas rêver que l'ordre du monde multipolaire actuel bloque automatiquement les sinistres éventualités. Un « petit » État nucléaire comme la Corée communiste est loin d'apparaître isolé. C'est un pion, qu'un ou plusieurs parrains manipulent, même si leur contrôle n'est pas total et intégral. La Chine si « sage », si productive, utilise le trublion nord-coréen pour menacer à l'occasion, indirectement, le reste du monde, puis s'avance indispensable pour rétablir l'ordre et la paix. Voyez ma force, que feriez-vous sans moi ? Rien d'original ici : les diplomates épinglent cette stratégie comme la « rationalité de l'irrationnel » et les ivrognes de s'exclamer pareillement : « Retiens-moi ou je fais un malheur. » En confrontation chronique avec les États-Unis, la Chine, selon son bon plaisir, lâche ou non la bride à son vassal impétueux.

La capacité de nuisance des « petits » États pirates et la volonté de puissance des « grands », membres permanents du Conseil de sécurité, se complètent souvent. Visitant pour la première fois George Bush junior, Vladimir Poutine fit un crochet chez les Kim, histoire d'apporter à Washington la bonne nouvelle que son débiteur coréen communiste allait se tenir tranquille. Le président des États-Unis le crut et vit le ciel immaculé dans le fond de ses yeux. Le 29 novembre 2010, la voix de son maître, RIA Novosti titre une dépêche : « La Corée du Nord répond à la violence par la violence », justifiant (par atavisme ?) les rodomontades guerrières de l'ancien partenaire de l'Union soviétique. La Chine, quant à elle, en calmant sa créature qu'elle a laissée aboyer, s'affiche gardienne de la paix... jusqu'au jour où le chien ira mordre plus dangereusement que prévu.

Barack Obama s'est plu à nous promettre un « monde sans nucléaire » et voilà le rêveur replongé en mer Jaune, mobilisant sa flotte pour des manœuvres dissuasives parfaitement nécessaires, mais étrangères au *mood* de la grande promesse. Il avait certes prévenu que l'entrée séraphique dans le sublime paradis dénucléarisé n'aurait probablement pas lieu de son vivant. N'empêche qu'il avait simplifié abusivement le problème. La disposition d'une arme « absolue », de destruction massive (atomique, biologique, chimique), assure une très épaisse carapace à tous les Rhinocéros rouges, noirs ou verts. L'impunité de la Corée du Nord fait des envieux. Elle peut bousiller ses sujets à millions et régner par la famine ou les camps, sans que l'opinion mondiale ne s'émeuve, sans que nos institutions internationales n'interviennent. N'en déplaise à Obama, la rencontre entre la pulsion d'Auschwitz et la capacité d'Hiroshima, la fusion du nucléaire militaire et de l'ambition totalitaire menacent, aujourd'hui comme hier, l'humble survie des bipèdes sans plumes[1].

Vietnamisation ou somalisation ?

Une semaine à peine, début juin 2006, suffit à rappeler nos rêveurs de paix éternelle à l'implacable permanence du

---

1. 29 novembre 2010, *Corriere della Sera...*

chaos. Le petit Timor oriental, un million d'habitants, dirigé par un estimable prix Nobel, inondé de la bienveillance onusienne, dérape dans le pillage et le sang : des militaires mutinés mettent le feu aux poudres d'un désordre politico-social latent. En Afghanistan, les talibans dispersés il y a quatre ans refont surface violemment. En Somalie, pick-up et 4×4 hérissés de mitrailleuses assurent le triomphe des plus fanatiques, les tribunaux islamistes, qui décident d'interdire *illico* la retransmission du Mondial de foot, ce jeu satanique. Et l'Irak pleure chaque jour ses brassées de civils égorgés, explosés, abattus par les nostalgiques sanguinaires de Saddam Hussein.

Le péché mental des militaires occidentaux fut longtemps de plonger dans les conflits du jour avec une guerre de retard. Cette aboulie atteint désormais les états-majors pacifistes qui s'étourdissent des pseudo-leçons du passé en reprochant à Washington de s'enliser dans un « nouveau Vietnam ». Rien n'est plus naïf : Zarkaoui n'était pas Hô Chi Minh. L'Irak sort de trente années d'une épouvantable dictature totalitaire et *pas* de trois décennies de soulèvement anticolonial contre la France, contre le Japon, à nouveau contre la France que les États-Unis relaient bon gré mal gré. Aucune donnée géopolitique ne permet de plaquer sur l'actuelle confusion irakienne les schémas de la dernière grande guerre chaude de l'époque, heureusement révolue, de la guerre froide.

La menace qui pèse sur la société irakienne n'est pas une vietnamisation, mais la « somalisation ». Souvenez-vous, patronnée par l'ONU, une troupe internationale débarque,

Américains en tête, à Mogadiscio (opération « Restore Hope »,
1993). Il faut assurer la survie d'une population affamée et
massacrée par des clans rivaux. Ayant perdu dix-neuf des leurs
dans un piège effrayant, les GI's rembarquent. La suite est
connue : Clinton échaudé jura « jamais plus » et refuse un an
plus tard d'intervenir au Rwanda (avril 1994) – où il eût suffi
de cinq mille Casques bleus pour interrompre le génocide qui
emporta un million de Tutsis en trois mois (record
d'Auschwitz battu rapport vitesse/nombre de victimes).

La suite de la suite n'est pas moins connue, la peste
exterminatrice se répandit sur l'Afrique tropicale, on compte
des millions de morts au Congo et alentour. Aujourd'hui, la
Somalie est prise en mains par les bandes armées des
« tribunaux islamiques » – alimentées par les fonds secrets
que la CIA a investis en vain contre eux – et un nouvel
Afghanistan des talibans risque de s'installer dans la corne de
l'Afrique.

Observez que les maîtres d'œuvre diffèrent. L'ONU est
responsable au Timor. L'OTAN (avec une forte participation
européenne) en Afghanistan. Le Pentagone en Irak. Pourtant,
les situations se recoupent, car l'adversité à contrôler et
réduire est fondamentalement la même. Le modèle réduit
somalien essaime sur la planète. Prises en otages, effrayées,
sacrifiées, les populations deviennent butins de guerre des
caïds locaux sans foi ni loi. Prétextant des bannières volatiles
– religion, ethnie, idéologie bâclée raciste ou nationaliste,
devoir de mémoire falsifié –, des commandos se disputent le
pouvoir à la pointe des kalachnikov. Ils se battent moins
entre eux que contre les civils qui comptent pour 95 % des

victimes, femmes et enfants d'abord. Le terrorisme, défini comme l'attaque délibérée des civils en tant que tels, n'est pas l'apanage des seuls islamistes. Remarquez que le procédé a été et reste employé par une armée régulière (bénie par des popes orthodoxes) et des milices aux ordres du Kremlin en Tchétchénie, où l'on dénombre des dizaines de milliers d'enfants morts. Lorsque les tueurs se réclament du Coran, c'est encore les passants désarmés, musulmans, qui agonisent. La Somalie est le laboratoire *in vivo* de l'abomination des abominations : la guerre contre les civils.

Entre 1945 et 1989, date de la chute du mur de Berlin, la guerre entre les blocs fut froide, tant en Europe qu'en Amérique du Nord. Partout ailleurs fusèrent révolutions et contre-révolutions, coups d'État et massacres millionnaires. Jamais dans l'histoire, les sociétés humaines ne furent autant secouées qu'en ce court demi-siècle où s'effondraient les injustes empires coloniaux, tandis que trop souvent les guerres de libération, soulèvements et insurrections accouchaient de nouveaux despotismes plus ou moins totalitaires. Dans la tourmente, les traditions millénaires valsaient. Régimes, coutumes et liens séculaires furent systématiquement détruits. Au sortir d'un tel séisme historico-mondial, les deux tiers de nos semblables ont perdu leurs repères. Ils ne peuvent vivre comme avant. Et pas davantage (pas encore, dit l'optimiste) exister comme les citoyens tranquilles des États de droit occidentaux.

Aux quatre coins de notre univers, se perpétuent des viviers de guerriers jeunes et moins jeunes, débraillés ou en uniforme, également avides de conquérir à tout prix logements, galons, femmes et richesses. Quitte à quadriller, à la mitrailleuse et au mortier, campagnes et mégabidonvilles en faisant exploser voitures piégées et bombes humaines pour dominer sans partage. Quitte pour les États ambitieux et sans scrupules à puiser dans ces viviers de tueurs afin d'accéder, en parrainant divers terrorismes, à la puissance par la nuisance. Au début de l'Allemagne de Weimar (1920), Ernst von Salomon prophétisait : « La guerre de 1914-18 est finie, mais les guerriers sont toujours là », et les demi-soldes peuplèrent les sections d'assaut hitlériennes. À la chute de l'empire soviétique, le dissident Vladimir Boukovski avertit : « Le dragon est mort, mais les dragonnades se répandent. » Et les ex-armées rouges dévastèrent l'une, sous Milošević, l'ancienne Yougoslavie, l'autre, sous Eltsine et Poutine, le Caucase du Nord.

Eût-il mieux valu ne pas renverser Saddam Hussein en l'autorisant à compléter pendant une décennie supplémentaire son horrible palmarès de tortures, d'éclopés et de cadavres – un ou deux millions de victimes en un quart de siècle ? Les Irakiens qui, malgré les menaces de meurtre, se sont rendus par trois fois, de plus en plus massivement, aux urnes, ne semblent pas regretter la chute du dictateur. Convient-il aujourd'hui que les GI's et leurs alliés décampent *illico* comme en Somalie ? Même les gouvernements les plus anti-américains, les plus obsédés comme la France, croisent les doigts pour qu'il n'en soit rien et que la coalition n'abandonne pas le terrain aux trancheurs de têtes.

Le combat pour éviter la « somalisation » de la planète commence tout juste et dominera probablement le XXIᵉ siècle. S'ils résistent aux sirènes de l'isolationnisme, les

Américains apprendront de leurs erreurs. L'Europe ou bien se résoudra à les aider, ou bien s'abandonnera aux bons soins du pétro-tsar Poutine, prêt à gendarmer le vieux continent en prêchant le terrorisme antiterroriste, sa dévastation de la Tchétchénie à l'appui. Le défi sans frontières des guerriers émancipés esclaves de leur bon plaisir accorde peu de loisir à nos atermoiements. Il faut choisir. Soit on accepte la somalisation générale en cherchant refuge dans une illusoire forteresse euro-asiatique. Soit on ressuscite une alliance démocratique, militaire et critique euro-atlantique[2].

L'effroyable logique de la bombe humaine

Voyez les hommes, femmes et enfants sortis en loques du métro de Moscou, entendez les angoisses touchant les bricolages de matières fissiles dérobées (ou fournies), constatez combien l'artisanat du pire menace. Lorsque Barack Obama pointe, à grands fracas, le risque du terrorisme nucléaire, il envisage la moitié de la question : une capacité technique de fabriquer des outils dévastateurs. Reste la capacité intérieure, mentale, individuelle de faire sauter sans blêmir ni frémir un quartier, une ville, une contrée et soi avec. « Il n'y a qu'un problème philosophique vraiment sérieux, c'est le suicide », annonce Camus au début du *Mythe de Sisyphe* (1942). À l'heure de la multiplication des attentats suicidaires, il n'y a qu'un problème devenu mondial, c'est la logique qui anime les bombes humaines.

---

2. 10 juin 2006, *Le Figaro*, *Corriere della Sera*...

Ne crions pas au jamais vu. Une jeune femme de vingt et un ans pénètre dans le quartier général de la police avec treize livres de nitroglycérine sur le ventre. Elle ne se réclame ni du Hamas ni des Tigres tamouls, elle se nomme Evestilia Rogozinkova, elle est socialiste révolutionnaire, en 1907, à Saint-Pétersbourg. Une entre des milliers voués à l'autodestruction : « Si l'on veut tout faucher, il ne faut pas épargner ses propres jambes », professe Bazarov, le meneur nihiliste campé par Tourgueniev.

Je tue et je me tue. L'équivalence de l'homicide et du suicide structure la violence radicale des héros de notre temps. Peu importe qu'on prétende défendre une religion profane ou sacrée, un intérêt collectif ou quelque vengeance privée, l'axiome guerrier est imparable : qui est prêt à se sacrifier lui-même s'estime digne de sacrifier autrui. Le terrorisme s'élève ainsi à une « mystique », une « possession absolue de soi », une « extase… vers le bas », prêche Tchen dans *La condition humaine* où Malraux fait écho à Dostoïevski.

On se satisfait trop souvent d'expliquer les pires terreurs par l'exagération ou la dérive outrancière de comportements ordinaires : le fanatisme des grands sentiments nationalistes accoucha en Allemagne du nazisme, le fanatisme des bons sentiments égalitaires adouba en Russie des monstruosités marxistes-léninistes et l'extrémisme religieux produit dans le monde musulman l'assassinat au nom de Dieu. Pas du tout ! Ne soyons pas captifs des alibis de tueurs qui n'épargnent rien ni personne. Depuis deux siècles, une implacable religion de mort surdétermine les passions humaines les plus diverses. Une sinistre OPA a pris en otages nos meilleures intentions pour leur faire entonner un monocorde « Viva la muerte ! », ce cri des phalangistes espagnols qui répugna tant à Unamuno, philosophe si conservateur. Explicite ou implicite, ce cri est véhiculé par les SS tête de mort, les « hommes de fer » des révolutions impitoyables ou les prêcheurs barbus qui psalmodient : « Vous aimez la vie, nous aimons la mort, donc nous gagnerons. » Les enfants-soldats, les adolescents fracasseurs, les guerriers émancipés des cinq continents s'imitent et s'inspirent les uns les autres par-delà confessions et frontières, à leur insu, le culte nihiliste de la destruction pour la destruction les assujettit.

Le terrorisme n'est pas « au service » des idéaux et valeurs qu'il prétend défendre, lesquels, au contraire, sont infectés et broyés par la machine à terroriser. La brutalité insigne du jeune Staline ne constitue nullement un cas isolé. Très vite, objectifs « nobles » et moyens criminels s'amalgament en un cocktail glauque qui fut analysé avec perspicacité par Joseph Conrad dans *L'agent secret* : le civil n'est plus épargné, il devient même une proie de choix ; le militant bon teint se mêle à la pègre ou émarge à la police secrète, ou les deux. D'où une série de retournements et de conversions, on ne sait plus qui est qui. Ainsi, l'assassinat en 1904 du ministre de l'Intérieur von Plehve fut-il commandité par Azev, patron de l'« organisation de combat » (état-major terroriste) mais aussi informateur et exécuteur de l'Okhrana (police antiterroriste du tsar). La révolution accomplie, la terrible Tchéka, ancêtre du KGB-FSB, recruta dans les bas-fonds. « Les saints me fuient et je me retrouve avec les scélérats », avouait

Dzerjinski, son fondateur peu bégueule, celui-là même dont Vladimir Poutine fleurit le monument. Le métabolisme entre droits communs, polices spéciales et militants du browning et de la kalachnikov n'a rien d'une exception historique, communistes, fascistes et tueurs islamistes témoignent pour l'intangibilité de la règle : l'union pour la destruction agglomère sans coup férir des « durs » de tout acabit.

Le terrorisme engendre le terrorisme. L'intolérable boucherie du métro à Moscou vient d'être revendiquée par Doku Umarov, autoproclamé « émir » du Nord-Caucase. Quelle dégringolade ! Il y a dix ans, je visitais clandestinement la Tchétchénie martyrisée par l'armée russe. Les chefs de la résistance s'employaient à isoler les têtes brûlées et les quelques islamistes venus de l'extérieur. Ils condamnaient sans réserve, avec un succès inégal, la violence contre les civils (qu'ils fussent autochtones ou russes). Lorsqu'en 2004, un commando se réclamant de l'indépendance tchétchène prit en otage l'école de Beslan, le président Maskhadov, bouleversé, proposa de se rendre sur les lieux pour obtenir la reddition des preneurs d'otages. L'armée russe préféra « libérer » l'école au lance-flammes. Peu après, Maskhadov fut abattu, et finalement tous les chefs laïcs de l'insurrection tchétchène furent liquidés. Restent les « émirs » et des désespérés, terreau fertile pour que fleurissent les volontaires de la mort. Deux cent mille tués (sur un million d'habitants) – dont quarante mille enfants –, une capitale rasée, des soldats arborant des colliers d'oreilles, des fagots humains explosés à la grenade et un commerce inouï de cadavres : Vladimir Poutine a gagné sa guerre contre l'indépendance. Il a perdu sa guerre contre le terrorisme. Il a traqué les Tchétchènes « jusque dans les chiottes », il s'engage désormais à « curer les égouts ». Et Medvedev, loin d'en tirer les conséquences, propose encore « plus de cruauté » (avril 2010)! L'armée du Kremlin fait école, la brutalité s'impose quitte à se retourner en boomerang sur la sainte patrie.

Je tue donc je suis. Le *cogito* nihiliste s'est en deux siècles mondialisé, mobilisant les rebelles sans foi ni loi et légitimant les politiques de nuisance perpétrées par des États internationalement reconnus et trop souvent respectés. On doit à Wagner, inspiré par son ami Bakounine, la scène finale du fantasme terroriste – le Crépuscule des dieux ou la mise en flammes de la planète. Le terrorisme nucléaire, dont s'inquiète Obama, couronnerait les modernes désirs d'en finir[3].

Quand le mirage russe tourne vision du monde

Mon rêve serait que les braves gens, les faux naïfs, les gros malins qui se croient plus malins que la réalité, bref, que les Occidentaux dans leur ensemble cessent de rêver russe. Qu'ils se frottent les yeux et renoncent à imaginer la Russie telle qu'ils la voudraient au gré de leurs utopies et de leurs calculs. Qu'ils consentent plutôt à la dévisager telle qu'elle est, fondamentalement incertaine, et par instants suprêmement inquiétante. Libéraux ou altermondialistes, atlantistes ou américanophobes, la plupart des militants, des commentateurs

---

3. 18 avril 2010, *Le Figaro*, 29 avril 2010, *Corriere della Sera...*

et des politiques professionnels rêvent debout devant
Poutine. George W. Bush s'est éperdu et perdu dans ses
prunelles, il n'y a vu que du bleu. Berlusconi l'absout des
massacres, des tortures, des villes rasées de Tchétchénie –
simples « légendes », jure-t-il. Chirac coopte l'homme du
KGB dans son « camp de la paix » – Paris-Berlin-Moscou –,
déroule le tapis rouge aux pieds de l'assassin, claironnant que
Moscou cavale en « première ligne des démocraties ».

Les charmes personnels du numéro 1 de Moscou n'y sont
pour rien et comptent pour du beurre. Depuis trois siècles,
l'élite occidentale s'intoxique et se came au mirage russe.
Captive de son propre conte de fées, elle progresse de
déconvenues en déconvenues. À peine Pierre le Grand eut-
il complimenté Leibniz, puis l'eut convié dans ses palais,
que l'Académie française se mit à tresser des couronnes au
« tsar modernisateur ». Les salons parisiens renchérirent,
Voltaire en tête, lequel, sans grande gêne rétrospective,
encensa le tsar parricide qui torturait à mort son héritier
chéri. Seul, Diderot prit la peine et le temps d'une visite sur
les terres de la « Sémiramis du Nord » et conclut que l'empire de la Grande Catherine avait pourri, par le knout et
l'esclavage, avant que d'être mûr. Au siècle suivant,
bourgeois et galonnés prirent le relais et Paris investit dans
les mirifiques « emprunts russes » pour mieux se retrouver
les poches percées, Gros-Jean comme devant. Au XXe siècle,
tout le monde fredonne la sinistre chanson, intellectuels
engagés, militants de base et d'en haut, damnés de la terre et
déçus du ciel sacrifièrent leur bon sens, leur cœur, leur
morale et surtout des millions, des dizaines de millions de

vies humaines au « Soleil qui se levait à l'est », tandis que les officiels les plus rassis et les nantis les plus précautionneux tombaient dans le même panneau. Le délicieux « Oncle Jo » avalait à Yalta la moitié de l'Europe, stalinisée sans pudeur ni scrupules.

À peine le Mur tombé et l'empire soviétique effondré, la folie occidentale a repris de plus belle. Elle accorda le bon Dieu sans confession au repreneur du Kremlin, à sa « famille » et aux clans mafieux qui pillent l'économie russe, détournant à leur seul profit une démocratie embryonnaire trop fragile pour résister. Les yeux fermés, les grands de notre monde arrosent de leurs compliments et de leurs crédits les fines équipes qui se succèdent au Kremlin. « La banque mondiale et le FMI s'étaient fermement prononcés contre tout prêt aux États corrompus, mais ce n'était qu'une apparence : il y avait deux poids et deux mesures. Tandis que de petits pays non stratégiques comme le Kenya s'étaient vus interdits de prêts pour corruption, la Russie, où la corruption opérait à une échelle infiniment supérieure, recevait sans cesse de l'argent… Quand on mit le FMI face à la réalité – les milliards de dollars qu'il avait donnés à la Russie étaient réapparus sur des comptes en banque chypriotes et suisses quelques jours seulement après le prêt –, il prétendit que ce n'était pas *ses* dollars… Certains d'entre nous observèrent, ironiques, que le FMI leur aurait facilité la vie à tous s'il avait viré l'argent directement sur les comptes suisses et chypriotes[4]. »

---

4. Joseph STIGLITZ, prix Nobel d'économie, *La grande désillusion*, Paris, Fayard, 2002.

Loin de nettoyer les écuries d'Augias-Eltsine, le nouvel homme à poigne, Poutine, en quatre années de pouvoir de moins en moins contesté, n'a procédé qu'à une redistribution des privilèges entre grands fauves. Gouzinski, Berezovski, Khodorkovski, les têtes des oligarques volent, mais le dépeçage continue. D'autres prédateurs succèdent, sur fond d'une permanente Saint-Valentin des clans auxquels s'agglutinent les appareils corrompus et policiers, dans une bouillie incongrue et par là terrifiante capitalisto-stalinienne. Dopés par les prix élevés du baril, les nouveaux seigneurs russes prospèrent grassement sur la rente pétrolière tandis que la majorité patauge à perpétuité dans la misère postcommuniste, n'ayant pour tout droit que de baisser les yeux et d'aduler le maître. Et l'Occident rêveur de fêter par anticipation une nouvelle Arabie Saoudite, plus sûre que l'ancienne, qui, du Caucase à la Sibérie, assurera sécurité et stabilité énergétique à la planète.

Le nouvel Eldorado eurasiatique fait rêver *hard*. Depuis plusieurs années, Prodi et sa commission de Bruxelles s'époumonent, proposant d'investir dans les pipelines et les forages sibériens. Les compagnies privées, évaluant risques et incertitudes, hésitent. L'Europe officielle insiste. Qu'importent les droits de l'homme, la liberté d'expression, l'incontrôlabilité des oukazes, l'imprévisibilité des luttes au couteau dans les antichambres du Kremlin... Tout pour la modernisation de l'*hinterland* européen ! En avant vers le partenariat énergétique, stratégique et nucléaire ! La Douma a déjà voté, les industries nucléaires allemandes programment et les écolos consentent : les encombrants déchets nucléaires ne susciteront plus de spectaculaires démonstrations, plus de trains pris d'assaut, plus d'hystérie à la frontière franco-allemande, les déchets honnis seront stockés dans l'Oural sous bonne garde d'un État qu'on espère solidement policier. Sécurité oblige! Notre santé l'impose, crèvent les enfants de Russie! Foin des bons sentiments. Une pincée d'esprit néocolonial agrémente ces songeries: l'arrière-pays sous-développé livrera ses richesses minérales, consommera européen et se rattachera à la zone euro; l'Allemagne reprendra industriellement son *Drang nach Osten*; la France rééditera, spirituellement s'entend, de napoléoniennes campagnes de Russie et l'Europe occidentale s'assujettira, sans coup férir, son tiers-monde de l'Est. Rivalité commerciale aidant, c'est à qui s'aplatit le plus bas. Chirac tout miel raccompagne Poutine au pied de son avion, Berlusconi lui ouvre ses villas, Bush le reçoit dans son ranch, Blair chez sa reine et Schröder en vacances. Volodia ramasse la mise, il s'estime tout permis. L'Occident rêveur l'a couronné tsar.

Pourquoi s'inquiéter? Sous la férule du tout neuf despote éclairé, on promet à la Russie une énième modernisation à grand pas; l'État de droit et les libertés individuelles suivront... plus tard, comme toujours. À gauche, l'inaltérable progressisme. À droite, l'économisme libéral. Tous décrètent que l'évolution est à sens unique et qu'aucune société ne saurait tôt ou tard éviter de rejoindre le peloton des démocraties florissantes. Tant d'optimisme vaut son pesant de XIXe et fleure bon la Belle Époque, heureux temps où le développement du chemin de fer et de la Bourse d'un côté, l'essor de la solidarité et de l'éducation de l'autre, étaient censés inaugurer automatiquement une ère de paix et de bonheur pour tous.

Bilan : deux guerres mondiales, deux États totalitaires, plusieurs fascismes, Auschwitz, la Kolyma… Ni les démentis de l'expérience, ni la résistance têtue des faits ne sauraient troubler une Europe somnambulique disposée à s'embarquer une fois encore pour quelque ouralienne Cythère.

Réveillons-nous. Les soldats qui pillent, violent et assassinent le civil tchétchène ne redeviennent pas des citoyens normaux sitôt rentrés chez eux. Une population décervelée par soixante-dix ans de communisme et désabusée par le gâchis qui suivit patauge dans un désespoir paralysant. Une élite éduquée sous le totalitarisme risque de tomber sans recours dans un nihilisme sans frontières ni tabous. La sortie du soviétisme débouche sur deux voies, celle de Havel ou celle de Milošević. Celle d'une démocratisation pénible et semée d'embûches, donc lente. Celle plus expéditive, belliqueuse et terrorisante, sinon terroriste, d'un replâtrage autoritaire. Lorsque la police secrète, l'armée et les nomenklaturistes se partagent le Kremlin, un quelconque Milošević est bien près de l'emporter.

Chaque fois que l'Occident a misé tête la première sur le mirage russe, il a trébuché, plongé dans un trou noir. À force d'imaginer, on délire, le sommeil de la raison engendre des monstres. En donnant carte blanche aux maîtres du Kremlin, quels qu'ils soient et quoi qu'ils fassent, l'Europe s'installe au bord d'un gouffre qu'elle contribue à creuser. Rien n'est définitivement joué, mais ceux qui nous dirigent prennent la mauvaise direction.

Opposons songe à songe. Je rêve d'une autre Russie. Pas de celle où, de Pierre le Grand à Poutine, passant par une ribambelle des tsars et de chefs communistes, la caste gouvernante arrache à l'Occident les instruments de la seule puissance et refuse l'État de droit ainsi que les règles humanistes qui permettent de contrôler tant bien que mal cette puissance. Une « dictature de la loi » qui n'est pas contenue par l'opinion publique et la communication de masse libres génère une société nihiliste dominée par la corruption, les mafias privées et publiques, l'esprit *spetnaz*, la dépression ou la servitude volontaire de la majorité, ce que Soljenitsyne appelait la « psychologie de la soumission » et qu'Anna Politkovskaïa nomme le « déshonneur russe ».

Je rêve d'une Russie qui ajoute à sa modernisation la civilisation et la civilité, les droits de l'homme européen puis universel. Je rêve d'une Russie toujours possible qui faillit advenir à l'orée du XXe siècle. Littérature, musique, ballets, théâtre, peinture, mathématiques, linguistique, philosophie, les Lumières venues de Saint-Pétersbourg, Odessa et Moscou illuminaient le continent entier. N'eût été la Première Guerre mondiale et la catastrophique révolution bolchevique, l'Europe du XXe siècle s'annonçait culturellement russe et d'autant plus glorieuse. Cette Russie des Lumières, des droits de l'homme et des Arts, héritière de Pouchkine, Lermontov, Tchekhov, Tolstoï, Dostoïevski... perce encore sous la chape de l'autocratie renouvelée. À nous, Occidentaux, de cultiver et protéger cette promesse inachevée. Rêve contre Rêve. Nous nous trouvons à la croisée des chemins[5].

---

5. *Espresso*, décembre 2003, *El País*, 4 janvier 2004, *Die Welt*, 10 janvier 2004, *Reczpospolita*, 17 janvier 2004, *INOpressa* (Russie) 25 janvier 2004, *Chechen Times*, 31 janvier 2004.

Qui manipule qui ?

Les lauriers de Mme Thatcher obsèdent les leaders occidentaux. Ne passe-t-elle pas pour avoir « inventé » Gorbatchev,
en l'adoubant prophétiquement ? Si la fin de la guerre froide,
c'est lui, l'aura qui le nimbe, c'est elle. Pareils miracles n'ont
lieu qu'une fois, après la surprise s'évente. Pourtant, l'Élysée
entend reproduire le sortilège avec Dmitri Medvedev.
Effacées comme par magie, ses longues années de loyaux
services poutiniens, le nouveau prince charmant conquiert les
quais de la Seine et les stratèges élyséens discréditent comme
« angélique » ou « droit-de-l'hommiste » toute critique
touchant la nouvelle lune de miel franco-russe. À mes yeux
c'est l'inverse : la grande fraternisation Paris-Moscou ne relève
pas du réalisme, mais d'une conduite magique et de ses faux
calculs.

Le rêve de transmuer à distance la politique du Kremlin
berce l'Occident depuis longtemps. Certes, Poutine s'est
révélé bien plus coriace que ne le prévoyaient Blair lorsqu'il
l'invita à l'Opéra, Bush lorsqu'il lut *good guy* dans le bleu de
ses yeux, Chirac lorsqu'il lui épingla la grand-croix de la
Légion d'honneur et Schröder qui lui vendit son âme et son
carnet d'adresses. N'épargnant pas les civils – deux cent mille
Tchétchènes tués –, bafouant les bonnes manières démocratiques, administrant quotidiennement la preuve que le KGB
n'est pas l'ENA, le tsar moderniste qu'on nous promettait en
2000 n'a pas rempli son « rôle ». Rebelote : si Poutine n'est
pas un démocrate, il nous offre sur un plateau d'argent un
nouveau Gorbatchev.

Certes, Medvedev se vante, en élève méritant et un tantinet prétentieux, d'avoir lui aussi gagné sa guerre du Caucase – « La Géorgie, c'est moi! » roucoule-t-il, occupant 20 % d'un pays souverain et piétinant les accords de cessez-le-feu signés en août 2008 sous l'égide de… Nicolas Sarkozy. Est-ce une raison supplémentaire pour multiplier les « symboles de confiance » et lui fournir des armements dernier cri? Outre quatre porte-hélicoptères Mistral, Paris envisagerait la vente de tanks légers amphibies Panhard (AFP, 2/2) et la rénovation par Turbomeca des hélicos poussifs Ka-60 (Interfax, 25/2).

Vive la Géorgie, Monsieur! Imaginez la fervente reconnaissance que vouent aujourd'hui à la « patrie des droits de l'homme » les peuples qui, de la Baltique à la mer Noire et la Caspienne, subissent les menaces régulières de leur immense voisin… Ils lisent dans la doctrine militaire publiée par l'« ami » Medvedev que l'OTAN est l'adversaire numéro 1, bien avant le terrorisme, la prolifération nucléaire et Ahmadinejad. Ils lisent l'option envisagée de guerres préventives dans le « proche voisinage », fussent-elles nucléaires. Rien là n'empêche Paris de vouloir mettre au top la deuxième armée du monde. La campagne présidentielle de Nicolas Sarkozy est loin. Pourquoi pareil revirement?

Les affaires sont les affaires? Les gros sous n'expliquent pas seuls le tête-à-queue. On ne fait pas de bonnes affaires en s'abusant sur les dispositions prêtées au partenaire. Le pataquès Areva-Siemens devrait éclairer les ingénus. En 2009, le trust allemand Siemens rompt sans crier gare avec le français et s'associe *illico* au russe Rosatom pour construire des centrales nucléaires concurrentes. Dindon de la farce, la France n'a rien vu venir. Combien de Mistral faudra-t-il fourguer pour compenser la vente ratée d'une seule centrale ?

Realpolitik donc ? Non. Loin de pécher par réalisme (aux dépens des droits de l'homme), la nouvelle politique russe de la France pèche par naïveté (aux dépens d'une estimation rationnelle et raisonnable des partenaires). Un tropisme néocolonial a précipité l'industrie allemande sur le *Far East*. Pris à l'improviste, le gouvernement français s'efforce d'attraper le train en marche, et, comme tout nouveau converti, il surenchérit sur les espérances germaniques en misant sur le marché de la mort. Est-il sérieux ou réaliste, de prétendre que les ventes d'armes encouragent les réformes et inhibent les passions impérialistes ?

Medvedev n'est pas, jusqu'à nouvel ordre, le successeur de Poutine, il en est le colistier, la doublure, voire le « plastron » – ainsi appelle-t-on dans la littérature classique le valet qui détourne les coups, quitte à passer pour tête de Turc. Poutine demeure le patron et l'émancipation du « plastron » se fait attendre. Il reste deux ans à Medvedev, entend-on à Paris, c'est une fameuse « fenêtre d'opportunité ». Deux ans ? Et après quoi ? Et après qui ? Medvedev dénonce le « nihilisme judiciaire ». Et après quoi ? Rien. Trente mille Tchétchènes pourrissent en Sibérie ; Khodorkovski semble condamné à vie pour avoir défié Gazprom ; les commanditaires des meurtres de journalistes, d'avocats, d'opposants ne sont pas inquiétés, mais les assassins libérés ; les rares flics qui dénoncent la corruption se retrouvent embastillés, les oligarques prospèrent au bon plaisir du chef. Quelques purges s'opèrent dans l'obscurité, sans qu'on sache qui a fait quoi. Si les officiels français prétendent voir clair dans ce pot au noir, où trouvent-ils leur lumière ? Quelle présomption les pousse à se croire capables de manipuler Moscou ? Ce « réalisme » porte un nom : rêve de toute-puissance.

Un argument imparable est ressassé *ad nauseam* aux abrutis que nous sommes : « La guerre froide est finie ! » Voilà qui est indiscutable, et visionnaire ! Elle est finie depuis vingt ans. Entre-temps, deux guerres de Tchétchénie, trois en ex-Yougoslavie, une en Géorgie, tensions en Ukraine, etc. Dans ces crises graves traversées par l'Europe depuis 1989, la Russie fut-elle un partenaire fiable ? Il ne suffit pas de proclamer la fin de la guerre froide pour que règne l'harmonie préétablie entre l'aigle à deux têtes du Kremlin et les vingt-sept étoiles de l'Union européenne. Lorsque Vladimir Poutine qualifia la dislocation de l'URSS de « pire catastrophe géopolitique du XXe siècle », Dmitri Medvedev ne trouva rien à redire. Au contraire, à peine nommé président, il entreprit la première annexion territoriale *de facto* sur le vieux continent depuis la chute du Mur. Un minimum de prudence s'imposerait.

Lorsqu'un président reçoit un autre président, il est de bon ton qu'il soit poli et souriant, voire qu'il tombe dans ses bras. Mais pas qu'il s'éblouisse, au risque de se retrouver captif de son fantasme[6].

---

6. *Corriere della Sera*, 5 mars 2010, *Libération*, 10 mars 2010.

Une crise toute postmoderne

L'implosion 2006-2010 suscite un singulier débat dont l'originalité tient à exclure toute mise en perspective philosophique et historique : la parole est aux experts et à eux seuls, la discussion se veut purement opérationnelle et pragmatique, elle se revendique d'emblée désidéologisée.

Les deux retournements décisifs de la seconde moitié du XXᵉ siècle – la chute de l'empire soviétique et le choix de l'économie de marché par la dictature chinoise – semblent livrer le nouveau siècle au règne de l'économiste-roi. Pourtant, si le marxisme perd malgré lui ses prétentions de transformer le monde (hors les cafétérias des facultés et les boutiques de T-shirts), l'heure de la fameuse « fin des idéologies » n'a pas sonné. Il y a simplement passage de relais : au philosophe-roi hégéliano-léniniste succède le cartel des experts délivrant le fin mot d'une crise générale et universelle.

Les lumières, les obscurités et les altercations philosophiques ou religieuses semblent en effet peu à même d'éclairer le tohu-bohu actuel, sinon par un vain « je vous l'avais bien dit ». Les récriminations bien-pensantes contre l'appât du gain, ou heideggériennes contre la dévastation technique, ou marxisantes contre l'aliénation et le consumérisme, patinent dans l'éternité du déjà dit. Pareille impuissance à dépasser de pieuses généralités pour affronter l'actualité dans son *hic et nunc* laisse le champ libre aux spécialistes pour qui la philosophie ne vaut pas une heure de peine. Sauf que celle-là, évacuée par la grande porte, réapparaît en catimini dans l'escalier de service.

Qui peut prétendre que les pères fondateurs de l'économie politique, tant respectés par nos pragmatiques, s'abstiennent d'une méditation philosophique ? Adam Smith ne saurait être réduit à l'apologie de la « main invisible » qu'il a du reste critiquée. Keynes, curieux de tout, échappe au mono-idéisme des néokeynésiens. Marx ne se résume pas à la soupe anticapitaliste de ses dévots. Hayek, ne vous en déplaise, se réclame explicitement d'Aristote, de Hume et de Kant. Rien là pour justifier l'analphabétisme philosophique qui assure la fermeture et la suffisance de la « science économique » dominante, laquelle se contente de focaliser sur les erreurs techniques des gestionnaires : abus de la « titrisation » et du *leverage*, abandon des normes prudentielles issues de la crise de 1930, etc. Réciproquement, des mesures non moins techniques sont censées stopper l'ébranlement systémique. Lesquelles ? On en discute sans fin, les écoles s'affrontent, mais présupposent toutes qu'à des défaillances purement financières et économiques s'imposent des remèdes purement économiques : nous avons été pris au dépourvu, nous ferons mieux la prochaine fois, tout pouvoir aux experts.

Parfois pourtant affleure comme un remords. Lorsque le récent prix Nobel d'économie, Paul Krugman, évoque un « panglossisme » général, force nous est d'interroger l'esprit – la *doxa* – qui nous a précipités quasi unanimement dans les erreurs « techniques » qu'après coup nos savants ont tant de facilité à repérer. Pourquoi pas avant ? Pourquoi avoir foncé tête baissée, sinon parce qu'ils croyaient avec Pangloss exister dans le meilleur des mondes, en décrétant les risques systémiques dominables par l'habileté des grands argentiers bien conseillés? La titrisation, par exemple, ne garantissait-elle pas la mutualisation du risque, divisé en autant de parties qu'il fallait pour qu'il ne se globalisât jamais? Comme la politique d'après-guerre froide, l'économie était censée avoir atteint la fin de l'histoire qui excluait les grandes catastrophes et les grosses querelles. L'idéologie de l'absence de crises majeures ouvre un boulevard à celle-ci.

Le problème est moins telle ou telle technique financière qu'on promet désormais de contrôler, que l'état d'esprit général qui en a permis la floraison effrénée. Retrouvez dans les conseils d'administration le leitmotiv postmoderne : il n'y a pas de risque, il n'y a pas de mal, preuve par les parachutes dorés. Depuis la fin de la guerre froide, la promesse d'un monde apaisé diffuse, *urbi et orbi*, l'annonce d'une histoire sans défi, une histoire sans conflit, une histoire sans tragique, qui autorise tout et n'importe quoi.

Rien d'original dans les bulles qui menacent d'implosion l'économie planétaire, si ce n'est l'insouciance avec laquelle on les a laissé gonfler. Les avertissements n'ont pourtant pas manqué. Aux États-Unis (Enron), comme en France (Crédit lyonnais, BNP), des emballements locaux mais ruineux ont révélé, à la tête d'entreprises privées ou publiques peu importe, des décideurs nihilistes qui se croyaient tout permis. On vit des fonctionnaires français lancer leurs conseils d'administration à l'assaut d'Hollywood, sans négliger leurs avantages personnels, et déjà le contribuable dut payer les pots cassés.

Depuis toujours l'économie marchande relativise les biens en les révélant échangeables et le Bien en le tolérant multiple. En revanche, seule notre actualité proclame qu'elle puisse réduire le risque à zéro en le partageant et le collectivisant. C'est le règne tout sourire de la « pensée positive », dont l'essayiste du *New York Times*, Barbara Ehrenreich, dénonce les dégâts : « Tout le monde sait qu'on ne peut pas décrocher un emploi payé plus de quinze dollars de l'heure si on n'est pas quelqu'un de "positif", et qu'on ne devient pas PDG en alertant sur d'éventuelles catastrophes. »

Une bulle spéculative se soutient d'un pari qui se confirme lui-même. Elle est, selon le linguiste Austin, « performative ». Pour le spéculateur, créditer c'est faire être. « La séance est ouverte ! » proclame le président d'une assemblée. C'est vrai parce qu'il le dit : ici la réalité se règle sur le dire, alors que dans les cas ordinaires le dire, non plus performatif mais indicatif, se règle sur la réalité. La bulle financière accumule crédits sur crédits et s'enrichit de son autoaffirmation. Elle s'enferme dans son rapport à soi, c'est son côté « bulle », elle abolit progressivement le principe de réalité : seuls sont effectifs les produits financiers que mes investissements inventent.

Pareil fantasme de toute-puissance n'anime pas seulement le trader, mais aussi bien ceux qui le laissent s'aventurer, pas seulement les patrons des instituts financiers, mais les autorités politiques, universitaires et mass médiatiques, qui ne s'inquiètent de rien. L'idéologie performative – c'est vrai parce que nous le disons – gouverne depuis la fin de la guerre froide : le camp adverse s'étant désagrégé, l'avenir nous appartient et les dangers fondamentaux se sont évanouis. L'*éthos* performatif « positive » dès lors sans peur ni reproche et se réclame du credo post-moderne, qui affiche la mort de Dieu et prêche plus instamment la mort des diables.

Reconnaissez, dans le déni performatif de la référence au réel, la « folle du logis », que les auteurs classiques nomment « imagination ». Le postmoderne, qui s'institue « par-delà le bien et le mal » et qui se moque de la distinction du vrai et du faux − supposée idole du passé −, lâche la bride à son imagination et habite une bulle cosmique. L'euphorie n'est pas moindre en matière politique qu'en manipulation boursière, il fallut près de dix ans pour que Bush, Rice, Blair et le Quai d'Orsay découvrent que Poutine n'est pas le *good guy* et le démocrate en herbe, dont ils s'étaient entichés. L'euphorie performative produit des bulles économiques, mais politiques aussi bien. À gauche comme à droite, en Europe comme en Amérique, on spécule sur l'accession inéluctable de la planète à la démocratie, on parie sur la paix et l'harmonie promises par un nouvel ordre mondial multipolaire. En août 2008, les tanks de l'« ami Poutine » foncèrent sur Tbilissi. Avant de déplorer une *crise de confiance*, constatons que nous partageons les conséquences d'un *excès de confiance*. Le manque de Cassandre tue.

Puisse le frisson anticipant une crise universelle nous offrir l'occasion de sortir de la bulle mentale postmoderne, de doucher l'élan de nos vœux pieux et d'oser avoir enfin, comme on dit en bon français, les yeux en face des trous. Mais je crains d'énoncer ainsi un vœu pieux de plus.

Le capitalisme, c'est, dès l'origine, la mutualisation assurantielle des dangers et des espérances. D'où le dynamisme et simultanément la spéculation sur la spéculation. À la fois la réglementation prudente et la transgression imprudente des anciennes règles, le partage des risques et l'audace de risquer mieux que d'autres. D'où les faillites individuelles ou collectives, qui ponctuent une expansion impossible à contrôler d'avance, mais, depuis trois siècles, insubmersible, malgré de successives et gigantesques avanies. Inutile d'opposer un capitalisme industriel supposé sage et une sphère financière promise à la folie. Le progrès industriel lui-même n'a rien d'un fleuve tranquille, il alterne sans cesse création et destruction, mise en friche des anciennes forces productives et explosion de nouvelles sources de richesse. La finance encourage ce mouvement de destruction créatrice, qui définit siècle après siècle l'occidentalisation du monde.

Qu'introduirait une perspective davantage philosophique dans l'univers clos des expertises scientifiques ?

Un élargissement du champ de vision

Au lieu de postuler qu'une crise locale (celle des *subprimes*) s'étend, après coup, de proche en proche à l'ensemble des relations financières, puis industrielles et sociales, découvrons que, dès le départ, le ver était dans le fruit. Foin d'invoquer magiquement un automatisme fatal ou une imprévisible contagion, reconnaissons que l'*éthos* performatif précède et conduit le bal. Rien ne sert de circonscrire aux banques américaines l'abus de confiance, qui déstabilise les marchés – les politiques et l'opinion se sont montrés aussi sensibles aux sirènes postmodernes que les financiers.

Depuis la chute du mur de Berlin et la libération de l'Europe, les menaces semblaient avoir disparu, comme si l'adversité n'existait plus, effacée comme par miracle. Ainsi pense encore Joschka Fischer, pourtant mon ami, ancien contestataire, ancien ministre des Affaires étrangères de Gerhard Schröder (ex-chancelier stipendié par Gazprom) qui vient de déclarer : « Il n'y a pas d'Hitler, il n'y a pas de Staline, il n'y a pas de Gengis Khan. Donc il n'y a pas de danger. » Quand « il n'y a pas de danger », les gens se sentent libres de tout, surtout du pire, sans contraintes. Et quand ils ont de l'argent en pagaille, ils se croient libres de faire n'importe quoi. Le trader cocaïnomane apporte son témoignage. Avec l'idée qu'il n'y a pas de danger, pas de risque, pas de menace, l'idée qu'il n'y a pas de malhonnêteté et de méchanceté en microéconomie et qu'on emprunte sans méfiance et sans façon en macroéconomie. Avec l'idée que le meilleur des mondes nous appartient, que l'histoire est finie et les conflits aussi. Voilà les amplificateurs de notre pétrin actuel.

L'inscription des crises dans la longue durée

Au grand dam des économistes purs sucre, un nouvel équilibre déséquilibré semble aboucher – à l'exemple du duo Chine-USA – des géants créanciers et des débiteurs non moins gigantesques. Il faut que cela cesse, décrètent les sages, comme si l'imposante dette qui court depuis trois décennies n'allait pas se poursuivre cahin-caha. Comme si Don Juan avait remboursé monsieur Dimanche, son tailleur. Nenni ! L'alliance des bourgeois producteurs et des aristocrates consommateurs a couru avant, pendant et après le Grand Siècle. Sauf à rien n'y comprendre, replaçons la crise actuelle dans une parenté de longue durée.

Nous sommes embarqués dans l'immense mouvement d'une troisième mondialisation moderne qui se déploie depuis les années soixante-dix. Elle charrie le meilleur et le pire. Grâce à elle des milliards de terriens – Chinois, Indiens, Brésiliens... – se déracinent positivement. Libérés des mœurs anciennes et d'entraves millénaires, ils s'engagent dans une modernité qui offre à leurs enfants une multiplicité de choix dont leurs aïeux ne pouvaient rêver. Pareille émancipation, très prometteuse, mais éminemment douloureuse, engendre, comme jadis en Europe, le contre-mouvement d'un ré-enracinement utopique sous l'étendard d'un national-conservatisme diversement agressif ou intégriste. Les « miracles économiques » modernisent souvent sans démocratiser, ni pacifier. Témoins, les miraculeuses puissances émergentes au début du XXe siècle : le Japon et l'Allemagne.

Les tentations d'un nihilisme *new style*, performatif et postmoderne (rien n'est mal, osons tout !) hantent diversement aussi bien les « émergents » que les puissances anciennes, éclaboussant leurs aventures financières autant que leurs errances sociopolitiques.

Oui, l'histoire est tragique comme l'ont annoncé Eschyle et Sophocle. Oui, elle est stupide, soufflent Aristophane et Euripide. Il y a quelque chose de pourri dans les états-majors des banques comme au « royaume de Danemark », relisez Shakespeare. Jamais un coup de dés, un coup de Dieu, un coup de la haute finance mathématisée, un coup d'État n'abolit le hasard, la corruption et l'adversité. Dur ou doux, *hard* ou *soft*, l'aventurisme performatif – le « *Yes, we can* » d'Alcibiade deux mille cinq cents ans avant Obama – doit demeurer surveillé par le démon dissuasif de Socrate, qui retient à l'occasion par la manche, chuchotant : « *No, we should not.* » La prudence du citoyen-philosophe ne s'incline ni devant le philosophe-roi qui sait tout, ni devant l'économiste-roi, qui croit calculer tout.

Ni providence de la Bourse, ni providence des États ! À inscrire au fronton des futurs G20 une citation de Platon : « La seule bonne monnaie pour laquelle il faut changer toutes les autres, c'est la *phronesis*, une *intelligence sur ses gardes*[7]. »

Règlements de comptes à Cybercity

Nous traversons une époque formidable. L'histoire des livres d'histoire, caillouteuse, semée d'épines, sanglante souvent, tragique parfois, s'éloigne. Les dimanches de la vie sont à portée de main. Il paraît que le dur pouvoir des armes cède progressivement devant le pouvoir des âmes, supposé si doux. *Soft power* contre *hard power*. Fi du couteau entre les dents ! Sur la scène internationale tout sourire, il s'agit désormais moins de vaincre que de convaincre, tandis qu'aux rapports de force se substituent les rapports de persuasion. Internet aidant, notre village planétaire se nourrit de débats et non plus de combats. Ainsi va la fable.

---

7. *Politique internationale*, 1er décembre 2009, 2010.

Certes, le globe terrestre n'est plus scindé en deux blocs. Certes, les frontières deviennent poreuses. Les touristes chinois affluent à Paris et à Rome quand les nouveaux princes de la Russie poutinienne squattent la côte d'Azur et la riviera espagnole. Est-ce à dire que l'humanité transcende les différences de culture et de régime pour atteindre le point oméga où chaque terrien dispose d'une possibilité égale de s'informer et de penser ? Les ordinateurs, les paraboles et les écrans garantissent-ils la libre circulation des nouvelles et des idées ? L'édénique hypothèse est trompeuse. Le coup d'éclat de Google abandonnant avec fracas et pertes la Chine continentale remet les pendules à l'heure : la cybercensure progresse, les blogueurs ne sont pas immunisés contre la surveillance de leurs e-mails et les persécutions politiquement ciblées (demandez aux Pékinois signataires de la Charte 08 et aux « verts » de Téhéran). Espionnage et cyberattaques sont à l'ordre du jour (demandez aux Baltes et aux Géorgiens). Le *soft power* de la transmission instantanée *urbi et orbi* ne nous embarque pas vers une cyber-Cythère, mais nous précipite sur d'inédits champs de bataille. Divers États non démocratiques – et pas uniquement les publicitaires – entendent s'adjuger le maximum de parts de cerveaux. Iran, Chine et Russie, en pointe mais pas seuls, revendiquent le pouvoir magique des faiseurs d'opinion, quitte à enfermer leurs citoyens entre d'hermétiques cloisons hertziennes et informatiques.

Dieu sait combien Obama et son équipe évitent de froisser leurs partenaires stratégiques. Promue chef de la diplomatie atlantique, Hillary Clinton fait d'ordinaire l'impasse sur les droits de l'homme, touchant la Chine en particulier. Sa déclaration de fin janvier 2010 n'en est que plus retentissante : « Un nouveau rideau de fer, celui de l'information, descend sur le monde. » À l'occasion du clash Google, la voilà qui pour une fois ne mâche pas ses mots et s'autorise quelques accents churchilliens. Gageons que les dirigeants communistes chinois n'ignorent pas le discours de Fulton (1946) et soupçonnent la gravité du défi. À suivre...

La grande muraille dressée contre l'universalité d'Internet pose une question de principe décisive pour le siècle. Si on concède aux autocraties (profanes ou religieuses) un droit souverain sur le travail mental du citoyen, si par la censure préalable une police des esprits règne en maître, prévoyons le pire. Fausses nouvelles, délires xénophobes, rumeurs assassines injectées sans contrepartie avec la toute-puissance de la Toile menacent de couronner divers Big Brother postmodernes. Rien de plus facile, en temps de crise, que d'affoler un individu mobilisable à merci. En août 2008, Moscou dénonçait en boucle un « génocide » perpétré par un président géorgien « paranoïaque », « dément », « nouvel Hitler », « pion des Américains et de l'OTAN », etc. Cent quarante millions de Russes avalèrent cette information incontestable puisque pour eux impossible à contester, beaucoup la tiennent encore pour vraie car le Kremlin s'est assigné le monopole des médias à coups d'expropriations, d'incarcérations et de meurtres. L'État qui s'octroie le monopole de la « com » jouit d'une infaillibilité quasi pontificale.

Jadis, les dictatures se réclamaient d'un souverainisme territorial : le charbonnier est maître chez lui, n'intervenez pas dans les (mauvais) traitements infligés à huis clos. Désormais, les autocraties plantent leurs douanes dans les esprits et leurs aiguilleurs de l'éther mettent hors la loi l'internationale des blogueurs. Tristement, sourires et pépettes obligés, les démocraties anciennes concèdent l'*imperium* de la matière grise aux despotes du jour. Une chaîne de télé transcaucasienne, basée à Tbilissi, vient de se voir privée de la possibilité d'émettre par une firme satellitaire française (Eutelsat) qui se plie aux exigences de Gazprom. Quand Moscou décrète: « L'espace c'est moi », Eutelsat, pourtant financée à 25 % sur des fonds publics, s'exécute: mon satellite vous appartient. L'argent russe coule à flots. Et la liberté de débattre coule à pic. Petits fours et champagne à Paris, rideau de la monopensée à l'Est.

Hegel, grand philosophe au demeurant, affirmait que la seule leçon de l'histoire est qu'il n'y a pas de leçon de l'histoire. Sommes-nous condamnés à répéter indéfiniment les mêmes erreurs? Pas sûr! Si Google a claqué la porte face aux exigences liberticides des autorités chinoises, le hasard n'y est pour rien. Il se trouve que M. Brin (trente-six ans), cofondateur de Google, est né en Union soviétique et qu'il a fui le monde du Goulag avec ses parents. Il en a gardé un souvenir cuisant. Quitte à perdre de l'argent, il n'entend pas cimenter un nouvel univers du grand mensonge. Il n'apprécie guère l'indifférence occidentale qui accompagne l'élévation de la grande muraille informatique. Qu'en pense le Paris de Voltaire et de Montesquieu[8]?

8. 21 mai 2010, *Le Figaro*, 31 mai 2010, *Corriere della Sera...*

5

Le combat continue

Morte pour rien ?

> « Il faut s'établir à l'extérieur de soi, au bord des larmes et dans l'orbite des famines, si nous voulons que quelque chose hors du commun se produise, qui n'était que pour nous. »
>
> René CHAR

Un après-midi d'octobre, le téléphone sonna. De Moscou puis de Rome : Anna venait d'être abattue. Sale jour pour l'humanité. Sale jour pour la Russie. Sale jour pour la Tchétchénie. Sale jour pour nous tous et moi dont elle était l'amie. Peut-être un bel anniversaire pour Poutine récemment décoré (en catimini) de la grand-croix de la Légion d'honneur par Jacques Chirac.

Anna Politkovskaïa était un être rare, d'un courage mental et physique à vous couper le souffle. Et comme toutes les personnes héroïques, d'une modestie et d'un humour à laisser pantois. Imaginez une démarche assurée, un visage d'ange, un regard lumineux dissimulé derrière de grandes lunettes, des éclats de rire communicatif. Elle ne comptait plus ses allers et retours Moscou-Grozny (plus de cinquante), malgré les intimidations, les menaces et les simulacres d'exécution qui agrémentaient ses déplacements. Elle voulait dévoiler l'épouvante qu'elle ne cessait de sonder dans la guerre du Caucase. Elle tenait bon face au Kremlin, mais restait pantelante, dégoûtée, devant l'indifférence obscène des politiques occidentaux. Elle ne choisissait pas son camp, hors celui de la vérité. Son horreur de la cruauté, quels qu'en soient les auteurs, demeurait une et indivisible.

Sa droiture sans concession lui avait gagné le cœur de la population tchétchène. Elle négocia la reddition des preneurs d'otages au théâtre Nordost de Moscou, mais fut doublée par les « forces spéciales » qui gazèrent à mort les malheureux spectateurs. En septembre 2004, elle se proposait à nouveau comme intermédiaire à Beslan, quand on versa du poison dans son thé durant le vol Moscou-Rostov. De cet empoisonnement, elle ne se remit jamais physiquement, mais elle balaya sa fatigue et l'avertissement criminel d'un revers de main. Les ministères de force, nostalgiques du KGB, lui vouaient une haine inextinguible. Elle fut déclarée « ennemie numéro 1 » à la Douma. Dans un sourire désarmant, elle m'avoua savoir ce qui l'attendait. Et alors ? Toutes sortes de fondations lui proposaient de travailler en Occident, elle déclinait les invitations. Elle tenait à « sauver l'honneur de la Russie ». La Tchétchénie martyrisée était une plaie ouverte, la négation, purulente et contagieuse, de ce qui fit depuis trois siècles la grandeur de la culture russe, de ses poètes et de ses écrivains. Citoyenne russe, elle se sentait comptable des crimes commis en son nom.

Quarante jours après son assassinat, délai d'un deuil orthodoxe, quand une poignée d'amis allumaient des bougies *in memoriam*, Anna semblait oubliée du grand public, rayée de la carte. Les assassins, filmés au cours de leur opération par la caméra de surveillance, avaient fondu dans la nature. Des rumeurs vagues et contradictoires enterraient son exécution dans la longue liste, chaque jour augmentée, des crimes non élucidés. Journalistes, financiers, politiques ou inconnus tombent sous les balles commanditées, c'est la banalité de la vie quotidienne à Moscou, Saint-Pétersbourg et dans toute la sainte « Russie selon Poutine », lequel déclara galamment que sa compatriote révolvérisée n'avait qu'une importante « insignifiante ». Le cercueil à peine refermé, notre goujat favori bombe le torse et bande ses muscles : interdite de télévision depuis plusieurs années, bannie des publications à grand tirage, la victime doit témoigner outre-tombe de la longue portée des foudres du Kremlin. L'oublieuse opinion publique internationale parut faire sienne l'opinion du pétro-tsar et passa aux affaires courantes.

Il fallut dix jours supplémentaires et la lente agonie d'Alexandre Litvinenko dans un hôpital londonien pour que la presse se remémore la journaliste exemplaire de *Novaïa Gazeta*. L'ancien officier des services secrets, qui exposa dans deux ouvrages les machinations des chefs de la Loubianka (Poutine compris), enquêtait sur les attentats probablement policiers dont les trois cents victimes à Moscou justifièrent l'invasion de la Tchétchénie et sur le meurtre d'Anna. Il eut

178 La République, la pantoufle et les petits lapins

droit à la dose létale, les services secrets russes se spécialisant depuis Staline et Andropov dans ces savoureux cocktails. Vous les avalez ni vu ni connu et vous terminez, aux yeux de tous, dans d'affreuses souffrances. Pour avoir veillé au chevet d'un collègue trop curieux, donc ainsi liquidé, Anna soupçonnait les assassins de mitonner astucieusement les doses pour que la mort ouvre son chemin dans d'effroyables tortures. Le temps que la douleur, irradiant le système musculaire et nerveux, apporte aux proches et aux lointains un salutaire avertissement : voilà ce qu'il en coûte de piétiner les plates-bandes des autorités. À bon entendeur salut ! Cette thérapie par l'exemple, me confiait-elle, a plus d'efficace que de fastidieuses mises en garde. Je suppose qu'Anna eût considéré ses deux balles dans la tête comme une dernière faveur du destin. Anna savait qu'elle affrontait l'immonde et l'innommable qu'elle se donnait pour mission, en connaissance de cause, de dévoiler et de nommer. Pourquoi ?

Pourquoi fut-elle si courageuse ? Pourquoi bravait-elle le risque ultime ? Par une intrépide fierté : « Je refuse de me cacher et d'attendre dans ma cuisine des jours meilleurs. » Et par une insatiable générosité. Dans un dernier article, ébauché sur son ordinateur et recueilli après sa mort, elle écrit : « C'est délibérément que je ne m'arrête pas sur les "attraits" de la voie que j'ai choisie : l'empoisonnement dans l'avion pour Beslan, les arrestations, les menaces envoyées par la poste ou *via* Internet, les promesses de me tuer. Cela n'a pas d'importance pour moi. L'essentiel, c'est d'avoir la chance de faire ce qui me paraît essentiel. Décrire la vie, accueillir tous les jours à la rédaction des visiteurs qui ne savent plus où aller dans leur malheur. Les autorités les ont envoyés promener d'un endroit à l'autre, car ce qui leur arrive ne cadre pas avec les conceptions idéologiques du Kremlin, si bien que l'histoire de leurs malheurs ne peut paraître nulle part et ne peut être publiée que dans notre journal, *Novaïa Gazeta*. »

Néanmoins, derrière la profession de foi incandescente d'une journaliste qui va jusqu'au bout de sa déontologie et au-delà de son métier, je vois davantage. Dans la précision de son coup d'œil et l'acuité chirurgicale du style perce la petite sœur de Tchekhov, dont elle retrouve souvent les bonheurs d'écriture. Dans le Caucase Nord, Anna avait découvert plus grave que les désastres ordinaires d'un conflit colonial : « Un monde d'une irrationalité militaire totale a été érigé ici et même si la guerre se terminait demain – qui sait – il perdure-rait encore. Quoi qu'affirment les médecins, les neurologues et les psychiatres sur nos possibilités infinies, chaque homme dispose d'une résistance morale limitée au-delà de laquelle s'ouvre un gouffre personnel. Ce n'est pas nécessairement la mort. Il peut y avoir des situations pires, comme la perte totale de son humanité en réponse à la multitude des abominations de la vie. Nul ne peut savoir de quoi il serait capable à la guerre. »

Elle me disait : il ne s'agit pas seulement du malheur infini des Tchétchènes, mais de nous, les Russes, et de vous, les Occidentaux prospères mais aveugles. La barbarie sans foi ni loi est un cancer dont les métastases – corruption, arbitraire, brutalité – gagnent Moscou, Saint-Pétersbourg et le huis clos de la misérable province russe. Mon pays n'est pas une quelconque dictature africaine ou latino-américaine, c'est un membre permanent du Conseil de sécurité, la deuxième puissance thermonucléaire, un gigantesque marchand d'armes, un fabuleux producteur de gaz et de pétrole. Les maîtres du Kremlin disposent d'un pouvoir de nuisance inouï et ils l'exerceront sans s'encombrer de scrupules ou de pudeurs. Le calvaire des Tchétchènes n'est que le premier pas et l'exemple périphérique de leurs capacités. J'ai vu nos rares libertés disparaître, l'autocratie – la « verticale du pouvoir » – étouffer une opinion publique naissante et le pays livré à l'anarchie mafieuse et bureaucratique où les conflits d'intérêts se règlent à coups de feu ou au mieux par des emprisonnements arbitraires. Voyez Khodorkovski.

La force d'Anna, le secret d'un inflexible courage tenait selon moi à ce qu'elle ne dissimulait jamais, ni à elle-même, ni aux autres, son extrême fragilité. Elle se devinait vulnérable, mais savait que le monde entier n'était pas moins mortel qu'elle et certainement plus lâche. Tout pouvait basculer, corps et biens, musées et pouponnières. Elle pensait, elle écrivait, elle témoignait à proximité des abîmes. Anna-Cassandre avait détecté dans la guerre de Tchétchénie le gouffre où tombe la société russe. La censure s'installant dans le cœur de chacun, le citoyen retourne à la longue tradition de soumission tandis que les patrons de l'État se sentent à nouveau les coudées franches, pas contrôlés à l'intérieur, peu surveillés de l'extérieur par une communauté internationale complaisante. Anna ne pressentait pas seulement la proximité de sa propre mort, elle analysait un danger sans frontières qui livre notre survie au bon vouloir et aux mauvais sentiments de politiciens, véreux et foireux, qui à Moscou identifient toute-puissance et toute-nuisance.

Anna Politkovskaïa est-elle morte pour rien? Elle sonnait le tocsin pour que le monde démocratique sache et réagisse. Les responsables qui font la pluie et le beau temps en Europe occidentale ont souscrit au sans-gêne de Vladimir Vladimirovitch. Cet ancien officier de la gestapo soviétique (KGB) plastronne dans les atours d'un « démocrate pur sucre » aux yeux de Gerhard Schröder (ancien chancelier d'Allemagne et nouvel employé de Gazprom) qui l'assure de son amitié indéfectible autant que sonnante et trébuchante. Quant au président de la France[1], il ne manifeste nul regret d'avoir planté la plus haute décoration de la République sur la poitrine d'un Poutine. Aucun des deux, aucun de leurs semblables, n'a jamais mis le nez dans les écrits d'Anna Politkovskaïa, effrayés qu'il serait de découvrir les vérités pestilentielles qu'elle paya de sa vie.

Morte pour rien? Morte pour nous. Nous les Occidentaux qui n'avons su ni la lire ni la protéger. Ce rien, pour lequel elle a donné sa vie, c'est nous. Réceptive à la douleur des opprimés, inaccessible à la corruption, glaciale devant nos compromissions, Anna a été, est et demeure le phare. Par-delà les honneurs, le fric et la carrière, un désir de vérité, tout feu tout flamme. Il était une fois un sage de l'Église grecque primitive qu'un disciple interrogeait: « Père, je fais mes prières et ma méditation, que puis-je faire de plus? » L'ancien, selon Joseph de Panepho, leva les mains vers le ciel,

---

1. À l'époque de Jacques Chirac.

ses doigts s'allumèrent comme des cierges et il répondit : « Pourquoi ne pas devenir entièrement feu ? »

Au printemps dernier, quand je la vis pour la dernière fois, Anna dit : « Si on me tue, ne cherchez pas, le commanditaire est au Kremlin. » Le 23 novembre 2006, Alexandre Litvinenko glissa dans un dernier souffle : « Les salauds m'ont eu, mais ils ne pourront nous avoir tous. » À nous de voir[2].

Sibérie, an IV

Merci Elena Bonner-Sakharov ! Merci Anna Politkovskaïa ! Deux femmes remarquables m'ont ouvert les yeux : Mikhaïl Khodorkovski, ancien patron tout-puissant de Ioukos, principal trust pétrolier de Russie, n'est plus le businessman jalousé qui réussit trop bien, il est prisonnier politique, enfermé depuis quatre ans au fin fond de la Sibérie, jugé et rejugé (jusqu'à ce que mort s'ensuive ?).

En France, par tradition, il n'y a pas grande affinité entre les hommes de plume et les hommes d'argent. Pourquoi prendre la défense d'un capitaine d'industrie que ses pairs ont tôt fait d'abandonner ? Capitalistes de tous les pays, unissez-vous ? Tu parles ! Après la dissolution de l'Union soviétique, la Banque mondiale et Bill Clinton, président des États-Unis, ont cautionné les privatisations russes qu'Eltsine encourageait au nom d'une liberté de marché enfin trouvée. En vérité : le casse du siècle permit à quelques malins de s'enrichir, non sur le dos de prolétaires exsangues par la grâce de la « dictature

2. 30 novembre 2006, *Le Monde*, *Corriere della Sera*, 3 décembre 2006, *Die Zeit*, 7 décembre 2006.

du prolétariat », mais aux dépens de dirigeants communistes trop avachis pour défendre leur gâteau.

Tentons de comprendre. La fable poutinienne aligne d'un côté les « oligarques », pourris, affairistes, de l'autre les chevaliers blancs du gouvernement qui combattent les fraudeurs. Ces bons apôtres se gardent bien de redistribuer au peuple des richesses qu'il n'a jamais possédé. Ni Robespierre ni Eliot Ness, Poutine n'a rien d'un Incorruptible qui nettoie les écuries d'Augias. Il géra les affaires juteuses et les transferts lucratifs de la mairie de Saint-Pétersbourg, puis de l'administration du Kremlin. Il semble s'être fabuleusement enrichi (en milliards d'euros, dit-on à Moscou). Il a couvert les prévarications de la famille Eltsine. En contrepartie, il fut choisi pour diriger la Russie.

Le Moscou des affaires ressemble à s'y méprendre au Chicago des années trente, quand Al Capone et les siens sévissaient. Une Saint-Valentin au jour le jour : chantages, dessous-de-table, meurtres, emprisonnements arbitraires ; les différents clans des Services secrets se disputent le butin sans civilité. En clair, les autorités russes ne souhaitent pas supprimer les « oligarques », mais sélectionnent les « bons », ceux qui obéissent, et éliminent les « mauvais », ceux qui désobéissent. Ces derniers sont punis, leur magot saisi et redistribué aux copains de la Tchéka (FSB). N'en déplaise à nos souverainistes et aux naïfs altermondialistes, ce tri sélectif ne livre pas de lutte antilibérale, égalitaire, ni de bataille contre le Capital. Seuls s'illusionnent ceux qui n'ont pas les yeux en face des trous. La Russie est aujourd'hui terre de corruption où malgré, ou à cause, d'un sous-sol fabuleux, 50 % de la population vit au-dessous du seuil de pauvreté, bouches inutiles poussées à disparaître. La mortalité croît, le pouvoir n'en a cure. Mikhaïl Khodorkovski avait offert aux innombrables employés de Ioukos les meilleures conditions de travail de Russie. Mal lui en prit.

À trois titres, le grand patron gênait la « verticale du pouvoir » :

1) Mikhaïl Khodorkovski a remis en cause la *verticale médiatique du pouvoir*. Des activités humanitaires, sa fondation Russie ouverte, le rendaient populaire.

2) Mikhaïl Khodorkovski a contrecarré la *verticale politique du pouvoir*. Le parti du Kremlin, Notre Russie, ne souffre pas d'opposants puissants. L'oligarque malpensant a soutenu les partis libéraux et démocratiques.

3) Péché suprême, Mikhaïl Khodorkovski a perturbé la *verticale économique du pouvoir*. La « restructuration » à la guise du Kremlin concentre autour de monopoles les secteurs payants de l'économie. Les grands exemples sont Gazprom, pour le gaz, et Rosneft (et peut-être bientôt Gazprom ?) pour le pétrole. La même concentration a lieu dans l'aéronautique, l'exploitation du nickel et des métaux rares. La reprise en main se fait au bénéfice de la « corporation Poutine » qui dirige seule le pays, politiquement, militairement et économiquement.

Autre enjeu, pas des moindres, la « grande » politique étrangère. En 2005, quand l'Ukraine orange se libère de sa tutelle, la Russie lui adresse une menace claire et multiplie les prix du pétrole ou du gaz, puis pour fêter le nouvel an elle affiche sa toute-puissance et ferme les robinets. Il en va de même pour la Géorgie des roses soumise à ses caprices continuels et à son embargo. Quand la Pologne et les États baltes, membres de l'Union européenne, rechignent, la signature du projet Schröder/Poutine sur le gazoduc germano-russe de la Baltique est avancée – il contourne l'Ukraine rétive, la Pologne et les États baltes, punis pour leur indépendance. Les pays d'Europe centrale, autrefois soumis au pacte de Varsovie, dépendent à 90 % des livraisons énergétiques russes, il est facile de les faire trembler. L'ambition du Kremlin serait-elle d'installer une sorte de prêt-bail à l'envers? Pendant la Seconde Guerre mondiale, les États-Unis expédiaient leurs subsides en Russie. Aujourd'hui, l'objectif est d'envoyer du gaz vers la côte américaine à partir de Mourmansk. La Russie se donne les moyens de faire chanter l'Occident.

Cette « grande » politique de nuisance exigeait la disloca-tion de Ioukos. L'entreprise jouait *solo* dans la cour des grands, et son patron n'était pas aux ordres. Obstacle en politique intérieure et mondiale, Ioukos fut démantelé. Capable de bloquer les autorités russes par le jeu du marché, Khodorkovski objectait au rapt de l'ensemble des ressources pétrolières et gazières, il privait Poutine de son arme anti-occidentale numéro 1.

Le sort de Mikhaïl Khodorkovski sert d'exemple négatif aux patrons récalcitrants, comme la Tchétchénie a valeur d'épouvantail pour le peuple russe. Grozny rasé est argument pédagogique destiné à tous les citoyens de la Fédération: « Voilà ce qu'il advient des peuples épris de liberté! » Le cachot pour Mikhaïl Khodorkovski est une leçon destinée aux élites: « Pliez! » Le meurtre d'Anna

Politkovskaïa fut asséné en guise de conseil aux journalistes curieux. L'empoisonnement atomique de Litvinenko dissuade les anciens du KGB en mal d'honnêteté. L'agonie dans une geôle de l'avocat Trepachkine vaut avertissement pour ses pairs... Les messages sont de la même eau.

Menacé, Mikhaïl Khodorkovski n'a pas fui, il choisit de se défendre en Russie. On sous-estime le personnage et l'importance qu'il peut prendre dans son pays. Pour comprendre, il faut se référer à Sakharov. Je me souviens de la remarque d'Elena Bonner, sa veuve et mon amie, commentant une rencontre au Kremlin, où étaient conviés autour de Poutine les oligarques les plus puissants : « Quand apparut Khodorkovski, j'ai pensé : "Celui-là est trop intelligent et trop décontracté, courageux et inconscient, il va payer." »

Khodorkovski n'est certainement pas tout blanc. Sakharov ne l'était pas plus : il parraina la bombe H soviétique. Mais, prenant conscience de l'oppression et de la servitude qui l'entouraient, il protégea les dissidents et s'opposa à la dictature rouge. Khodorkovski, patron parmi les patrons, fut rebuté par le retour de l'autocratie. Beaucoup de Russes m'ont dit et Anna Politkovskaïa en particulier : il était riche, de ce fait le petit peuple s'en méfiait, mais en Russie, « si tu vas au bagne et si tu ne plies pas, une purification s'opère aux yeux de l'opinion ». Dans sa solitude mondiale, la résistance de Mikhaïl Khodorkovski le consacre grande figure d'opposition aux côtés de Garry Kasparov et Vladimir Boukovski[3].

---

3. *Le Monde*, 26 octobre 2007, *Corriere della Sera*, 26 octobre 2007, *Die Welt*.

Coupable du crime d'avoir raison

Dernières réquisitions du procureur, dernières plaidoiries de la défense, le procès du « criminel » Khodorkovski et de son « complice » Platon Lebedev touche à sa fin. La sentence tombera dans un mois ou deux… le 15 décembre ? le temps que les autorités du Kremlin s'entendent et décident. Les Russes ne sont pas dupes, à 40 % (contre 19 %), ils savent le verdict concocté dans les « couloirs du pouvoir ». L'ex-patron du géant pétrolier Ioukos, accusé surréalistiquement d'avoir « volé », à la barbe de tous, 20 % de la production russe entre 1998 et 2003 (soit, mesurée en tankers, deux fois le tour de l'équateur), est coupable. Forcément coupable. Le procureur, bonne pâte, a revu les chiffres du larcin à la baisse, sans explication, de trois cent quarante-neuf millions et des poussières à deux cent dix-huit millions de tonnes de pétrole dérobées. Croit-il ses comptes plus plausibles ?

Entre-temps, Kassianov (à l'époque des faits, Premier ministre), Kristenko (*idem*, vice-Premier ministre), Gref (*idem*, ministre du Développement), tous trois cités à la barre, déclarèrent qu'un détournement d'une telle ampleur est pure fabulation, il n'aurait pu leur échapper. Le procureur jongle avec ses barils imaginaires aussi miraculeux que les petits pains multipliés dans les saints évangiles. « Merci au procureur qui fait la preuve de mon innocence, ironise le prévenu, une personne normalement constituée ne peut croire à tant d'absurdité. » L'entreprise est démantelée, joyeusement distribuée aux copains du Kremlin. Pourquoi l'ex-oligarque plumé, déjà puni injustement par sept années de bagne sibérien, n'est-il pas libéré ? quitte à l'exiler ?

Pourquoi ne pas rassurer les investisseurs étrangers, lesquels rechignent à risquer hommes et capitaux dans une contrée pourrie par la corruption générale et l'arbitraire cupide d'autorités kleptocrates?

Sauf que la très réelle culpabilité de Mikhaïl Khodorkovski pèse très lourd: il a raison contre Vladimir Poutine.

Rangée au nombre des économies émergentes (Brics), la Russie fait pâle figure. Ces trois dernières années, elle touche cinq fois moins d'investissements extérieurs que ne recueille le Brésil. De plus, sur le tableau 2010 de *Transparancy International*, la Russie régresse au 154ᵉ rang des « pays les moins corrompus », à côté du Tadjikistan, de la Papouasie et du Yémen, juste avant la Somalie, loin derrière le Zimbabwe. Allez lui confier vos écus! Concussions et assassinats, une corruption aussi extrême recèle un « danger pire que le nucléaire », insiste Khodorkovski, fort d'avoir lancé, il y a dix ans, le projet d'une Russie qui allierait modernisation et démocratisation en s'émancipant de ses mafias politico-économiques. Il paie son trop flagrant dédain des mœurs locales ès gouvernance et bizness. « Afin de s'assurer que personne ne manifestera plus ce type d'insanité qu'est le désir d'agir librement et de participer à la vie politique, il y a, offert à tous, le fol exemple d'un Khordorkovski gelant à -40 degrés, dormant entre quelques planches, tandis qu'il ne lui reste qu'à interroger l'infernale réalité d'une Russie communiste ou capitaliste si ressemblante aux cauchemars de Dostoïevski » (Mario Vargas Llosa, Nobel 2010).

Naguère, la volonté de Mikhaïl Khodorkovski pouvait, aux yeux du Tout-Moscou, paraître prématurée, sinon utopique.

Aujourd'hui, le vent tourne ; expérience aidant, on flaire que le risque, c'est Poutine et son triste bilan. Fiasco économique d'abord : l'énorme rente pétro-gazière d'avant la crise n'a enrichi que les puissants courtisans sans que l'industrie et l'agriculture profitent de cette manne pour se moderniser. La crise mondiale touche de plein fouet une société déclinante, à la différence de la Chine privée d'énergies fossiles et pourtant en plein essor. La comparaison est si affligeante qu'un Medvedev déplore être à la tête d'un gigantesque et paralytique « émirat pétrolier ». À qui la faute ? Fiasco stratégique : la guerre féroce relancée en 2000 par Poutine dans le Caucase du Nord n'est pas éteinte ; malgré deux cent mille morts et l'installation d'une dictature aux ordres et sans merci – représailles, tortures, exécutions, corruption, islamisation, voile imposé aux femmes –, l'instabilité a gagné les républiques voisines. Déboires diplomatiques imprévus : si les tanks de la Grande Russie ont percé les défenses de la petite Géorgie, l'annexion qui a suivi de 20 % du territoire (Abkhazie et Ossétie du Sud) n'est légitimée ni par l'ensemble de la planète, ni même par les voisins vassaux du Kremlin. Saakachvili, bête noire, n'est ni mort ni renversé. Les camouflets se succédant, la fort peu démocratique Bélarus penche désormais vers l'Ouest. Il reste aux pétro-tsars leur pouvoir de nuisance et le chantage aux coupures d'énergie.

Passons sur le déclin démographique, l'ivrognerie dominante, les ravages de la tuberculose et du sida, le chômage et la prostitution, la drogue et la désespérance générale dès qu'on quitte les capitales. Les incendies de l'été, longtemps non maîtrisés, illustrent le chaos d'un pays où l'incompétence d'en haut relaie le laisser-aller d'en bas. Quoi que serinent les naïfs et trompettent les stipendiés, Poutine n'a pas rétabli le prestige de la Russie. Il a retrouvé la stagnation et le « nihilisme juridique » (Medvedev *dixit*) des décennies brejnéviennes. Son féal de toujours, actuel président, ex-patron de Gazprom, complice des malversations et spoliations, second couteau sans pouvoir, se borne à distiller des vœux pieux, tout juste agrémentés de critiques souriantes pour embobiner l'auditoire. *Good cop, bad cop*, vieille ficelle. En chassant de la mairie de Moscou l'affairiste Loujkov (mesure apparente de salubrité publique) au profit d'un poutinien pur sucre, Medvedev montre combien tout change afin que rien ne bouge.

La Russie stagne dans les bas-fonds, mais demeure le pays dont la haute culture, malgré le tsarisme, éclaira l'Europe entière jusqu'en 1914. Cette « autre » Russie, celle de Dostoïevski et de Tchekhov, de Sakharov et de Soljenitsyne, d'Anna et de Natacha n'est pas morte, la résistance indomptée de Khodorkovski en apporte une preuve. Il aurait pu fuir, il a choisi de rester et d'affronter. Coupable donc. « En liberté, dit un politologue moscovite, Khodorkovskï incarnerait un mélange de Monte-Cristo et de Nelson Mandela. » « Un Robin des bois », me disait, peu de temps avant d'être abattue, Anna Politkovskaïa[4].

---

4. 30 octobre 2010, *Corriere della Sera*, *El País*, *Gazeta W* (Pologne), *Libération*, *Die Welt*, *SME* (Slovaquie), *Respect* (Tchéquie), *Weekend Avisen* (Danemark), *Standard* (Autriche), *Tabula* (Géorgie), *City Journal* (États-Unis)…

Plus fortes que la douleur

Vous savez tout. Depuis longtemps. Il n'y a aucun mystère. Natalia Estemirova a été supprimée parce qu'elle combattait le mensonge et l'obscurité d'État, parce qu'elle parlait trop, parce qu'elle enquêtait trop précisément, parce qu'elle mettait en cause les commanditaires des crimes quotidiens en Tchétchénie, le dictateur Kadyrov, les services secrets de l'armée russe, les diverses mafias lâchées la bride sur le cou, et leurs patrons au Kremlin. Les enlèvements extrajudiciaires exécutés par des hommes cagoulés, les maisons des civils incendiées en « punition », avec parfois leurs habitants bloqués sciemment à l'intérieur, les prises d'otages que les services publics rendent en vie ou en morceaux contre dollars, les femmes violées devant leur mari. Vous savez tout. Rien de neuf dans le martyre tchétchène depuis la première guerre déclenchée par Moscou en 1994. Rien de neuf, sauf que la victoire russe a été officiellement déclarée, que la paix poutinienne règne et que la terreur continue.

Rien de neuf. Devant le cadavre de Natalia Estemirova, je trouve désespérément les mêmes mots et les mêmes pensées, les mêmes émotions et les mêmes larmes qu'à la mort de mon amie Anna Politkovskaïa. Laquelle m'avait présenté son amie Natacha, me demandant de la soutenir pour le prix Sakharov (elle reçut la médaille Schuman). Elles se connaissaient depuis la première guerre, toutes deux intrépides partirent à la recherche de la vérité sur un massacre de longue durée, qui a fait disparaître un civil sur cinq. Toutes deux, Cassandre de notre temps, prêchaient dans le désert, prévoyant que le chaos s'étendrait au Caucase (nous y sommes) et que les règlements de comptes mafieux et officiels gagneraient la Russie même (nous y sommes). La Tchétchénie ? Une poussière d'empire, mais un cas d'école pour l'humanité : un million d'habitants avant guerre, deux cent mille morts, quarante mille enfants tués (et combien d'orphelins ?), une capitale rasée, villes et villages réduits en cendres. Et après ? L'éducation par la peur et la corruption, ou comment réduire le peuple au silence. Pas seulement les Tchétchènes, mais les Russes et si possible nous, tranquilles citoyens des nations démocratiques. Les façades rutilantes des immeubles reconstruits à Grozny mentent.

Rien de neuf, à l'Ouest ; du côté de l'Europe paisible et encore prospère, on s'habitue. Les assassinats se suivent à l'Est, se ressemblent, et soulèvent chez nous quelques indignations vite oubliées. Nous n'allons pas, bien sûr, faire la guerre – fût-elle froide – à la Grande Russie, donc retournons vite au *business as usual*. Ce type de conduite d'évitement provoque depuis longtemps la moquerie du couple dirigeant au Kremlin qui ne se gêne pas pour caricaturer publiquement nos représentants et suscite l'ironie attristée des dissidents qui partagent notre goût de la liberté et de la démocratie. Serguei Kovaliev, l'ami de Sakharov, demande à quoi servent les diplomates et les chancelleries, si la seule alternative est soit la guerre, soit une définitive complaisance pour le règne des mafias et du despotisme. À quoi servent les ministres des Affaires étrangères s'ils s'avèrent incapables de prévoir des pressions économiques, culturelles, diplomatiques susceptibles de civiliser quelque peu d'inquiétants voisins à nos frontières ?

Il y a pourtant quelque chose de nouveau. Après le meurtre toujours non élucidé d'Anna Politkovskaïa, Ramzan Kadyrov, le protégé de Poutine, soupçonné d'en être le commanditaire, fit élever dans sa capitale une stèle de marbre noir à la gloire des journalistes et combattants des droits de l'homme « assassinés pour leur liberté de parole ». Non, vous ne rêvez pas. Après le meurtre de Natalia Estemirova, il publia son indignation et s'érigea chef d'une enquête pour châtier les coupables. Medvedev itou. Le clou de cette farce et attrape fut atteint à Berlin : Angela Merkel réclama une enquête, Medvedev en promit une, puis la chancelière allemande et le président russe tombèrent dans les bras l'un de l'autre, se promettant une amitié industrielle indéfectible. Joli festival de contrats mirobolants, deux jours seulement après la découverte de Natacha, deux balles dans la nuque, au bord d'une autoroute.

Oui, Kadyrov sait punir, il y prend même du plaisir, dit-on. Punir qui ? Son premier « acte de justice » en dit long : il porte plainte contre Oleg Orlov, fondateur de Memorial avec Sakharov et compagnon de lutte de Natacha Estemirova. Oui, Medvedev, le « gentil » clone de Poutine, va diligenter une enquête pour cajoler le monde entier. A-t-il retrouvé les assassins d'Anna ? Ceux de Markelov et de Barbourova ? Ceux de la multitude d'anonymes ? A-t-il livré à la Grande-Bretagne celui de Litvinenko ? Non ! L'homme siège à la Douma et se gausse à la télé. Juré, il va faire son possible, lui qui vient de promouvoir la chasse aux « antipatriotes », entendez ceux qui se permettent d'étudier les crimes de Staline durant la Seconde Guerre mondiale, avant, après.

Orwell a découvert la novlangue moderne : « La guerre c'est la paix, la servitude c'est la liberté. » Il tenait ces paradoxes pour le propre de la propagande totalitaire.

Étrange progrès : les démocraties s'appliquent désormais à ne pas rester en retard d'une hypocrisie.

Le 17 juillet, la camionnette jaune transporta le corps de Natacha, entourée de ses amis, les meilleurs, les plus courageux et les plus audacieux de Grozny. Elle remonta lentement l'avenue Poutine, les Champs-Élysée de la capitale reconstruits et baptisés du nom de son bourreau. Cette avenue Poutine, jamais Natacha ne l'emprunta de son vivant, refusant l'injure cynique faite à son peuple décimé contraint de boire la servitude jusqu'à la lie.

À Moscou, rendant hommage à Natacha, nouvelle martyre de la vérité, aux côtés des esprits libres de Memorial, il y avait l'infatigable Lioudmila Alexeeva, quatre-vingt-deux ans, figure de la dissidence antisoviétique. À Paris, lors d'une brève cérémonie à la fontaine Saint-Michel, j'ai serré dans mes bras Natalia Gorbanevskaïa, la poétesse qui manifesta, son bébé dans les bras, sur la place Rouge en août 68 contre les tanks russes qui écrasaient Prague insurgé ; elle écopa de l'asile psychiatrique. *Inébranlables femmes flammes, vous êtes plus déterminées que la sauvagerie d'en face, plus fortes que nos recroquevillements.* Vous sauvez la fierté des peuples caucasiens, la dignité de la culture russe qui fut toujours de résistance, et si notre humanité trouve un visage, c'est le vôtre. Anna et Natacha, merci[5].

---

5. *Corriere della Sera, Le Monde*, 23 juillet 2009, « N'oublions pas l'assassinat de Natalia Estemirova ! La communauté internationale doit faire pression sur l'État russe. »

Contre le paradigme chinois

Il y a un an, souvenez-vous, le prix Nobel de la paix submergeait l'actualité, la presse l'adulait, les responsables du monde entier le couvraient d'éloges ; l'« obamania » battait son plein. Aujourd'hui, honoré par l'académie norvégienne, le prisonnier de conscience Liu Xiaobo, sur la brèche depuis Tienanmen (1989) semble, sitôt élu, sitôt oublié du personnel politique. Seul parmi les chefs d'État, Obama, tributaire de la médaille, se fend d'une félicitation, tandis que ses collègues présidents avalent leur langue. Service minimum en Europe : la Chine, deuxième puissance économique du globe, rend-elle nos officiels muets et pusillanimes ? Pas seulement. Une discrète complicité double les geôles chinoises par le mur de nos mutismes. Le modèle sournois du despotisme moderniste élaboré à Pékin, insidieusement, séduit.

Une naïveté nouvelle chasse l'ancienne. Après la chute du mur de Berlin et la dislocation de l'empire soviétique, la démocratie universelle devait par un automatisme gracieux accompagner la mondialisation et les modernisations. Il suffisait d'attendre, mains croisées, et de raison garder, l'horloge de l'histoire sonnerait l'heure du triomphe inéluctable de la liberté. Aucune panne n'était envisageable. Quand surgit l'imprévu au programme des réjouissances, une crise financière d'ampleur planétaire, les boussoles s'affolent et l'exemple chinois fait florès : libéralisme économique effréné plus contrôle politique autoritaire de la société, voilà l'inespérée martingale pour sortir du bourbier ! Confucius avec moi ! Place de la Paix éternelle, le comité

central du PCC incarne l'apothéose du « retour aux
fondamentaux » que prêche sur le vieux continent chaque
postulant au trône pleurant les transcendances perdues.
L'icône du Chinois calme et triompnant, parce que enraciné
dans ses traditions, fait tourner les tëtes occidentales.

Rien de nouveau sous le soleil des idéologies. Il y a bien
longtemps, les bons frères missionnaires décrivirent un
empire céleste, paisible et sage sous la férule d'une hiérarchie
intellectuelle et érudite (recrutée sur examen, s'il vous
plaît). Leurs courriers enjolivés imposèrent l'idéal du
« despotisme éclairé » qui fit vibrer Voltaire et Frédéric de
Prusse, Marie-Thérèse, Diderot et Catherine II. En vérité, un
panier de crabes bureaucratiques, dominé par des mafias
d'eunuques, finit par décider, d'échecs en catastrophes, des
destinées impériales. La corruption galopante et les conflits à
couteaux tirés sont partie prenante des sacro-saintes
traditions. Mao n'a rien inventé. Aujourd'hui, les dirigeants
chinois se consolent en se repaissant des scandales politico-
financiers qui éclatent ailleurs et ne désespèrent pas de nous
voir sombrer avant eux.

Les maîtres de la Chine depuis toujours se méfient. Pas
seulement de leurs voisins ou de l'Occident, mais aussi et
surtout de leurs compatriotes, qui privés des libertés élémentaires se révoltent parfois avec une rare brutalité. Les
autorités impériales de jadis, maoïstes d'hier, ou
communistes « modernistes » d'aujourd'hui cédèrent et
cèdent encore à l'obsession de la forteresse assiégée comme
au fantasme du contrôle absolu des cerveaux. Pourtant
trente années d'ouverture et de mondialisation accélérée ont

enrichi mais inquiètent Big Brother. Pareille mutation ne reste pas purement économique, elle commence à s'affirmer sociale (grèves ouvrières, mouvements dans les campagnes) et intellectuelle : la Charte 08, inspirée de la Charte 77 de Václav Havel et ses amis, refuse la « vie dans le mensonge », quitte à se rendre passible de « crime de mots », donc de « subversion de l'État ».

L'histoire enseigne que les miracles économiques, si impressionnants soient-ils, ne suffisent pas. À l'orée du XXe siècle, le « miracle économique » s'intitulait Allemagne et Japon : deux empires qui ne firent ni le bonheur de leur peuple, ni celui de la planète. Pour dompter les démons de l'intolérance, les ravages de la xénophobie, l'*hybris* de la toute-puissance et finalement la guerre, il faut des consciences courageuses. Liu Xiaobo en est une. Les trois cents intellectuels de renom, les dix mille internautes qui signèrent avec lui la Charte 08 de leur nom, au risque de leur vie et de leur liberté, constituent l'ébauche d'un contre-pouvoir. Grains de sable qui enrayent les machines totalitaires selon Soljenitsyne, les dissidents s'obstinent à freiner les délires qui logent en chacun, humble ou puissant, occidental ou oriental.

Foin d'un réalisme à courte vue, inutile de se pâmer devant le paradigme d'une gouvernance à la chinoise. Même rebaptisée complaisamment « despotisme éclairé », l'absence de démocratie laisse sans défense devant les dérives techniques et mentales. Le plus beau cadeau offert à la Chine qui vient, et par là au monde entier, est le prix prestigieux décerné à Liu Xiaobo derrière les barreaux. Avec l'espoir, comme pour Soljenitsyne, comme pour Walesa, Desmund Tutu, Sakharov et Mandela que, petit à petit, la liberté ira s'élargissant. Un continent d'un milliard trois cents millions d'habitants ne peut trop longtemps être privé du droit de contester, de discuter ou d'opiner, sauf à devenir esclave des pires rumeurs et de sauvages exaltations. Le silence abyssal des chefs européens est extravagant[6].

« Pourquoi nous combattons »

Les printemps des peuples butent forcément sur la force des armes. Tel fut le cas en 1848 quand les insurrections européennes durent plier sous le feu des armées impériales. Tel fut le sort de Budapest en 1956, Prague 68, Tienanmen 89. Tel faillit être le cas des printemps arabes, lorsque Kadhafi décida, le premier, exemplairement, le retour à l'ordre quel qu'en soit le prix. Il y va de la survie des manifestants libyens, de l'avenir des révoltes pour la liberté au sud de la Méditerranée et du sort des droits de l'homme pour la planète entière. On sait que les autorités communistes chinoises, inquiètes, censurent toute référence au Caire et à Tunis révoltés, tandis que des éditorialistes russes s'interrogent sur la possibilité d'une contagion, que souhaite l'opposition, que Gorbatchev estime possible et que le Kremlin curieusement craint comme la peste

6. « Ne nous résignons pas au despotisme des maîtres actuels de Pékin. Les Européens ne doivent pas contribuer à l'étouffement du Nobel chinois », 14 octobre 2010, *Le Monde*, 19 octobre 2010, *Corriere della Sera*.

L'intervention internationale en Libye est cruciale, une part de notre avenir se joue ici et maintenant.

Toute guerre est impitoyable. Un mort est un mort. Pour qui ne s'attribue pas le pouvoir de ressusciter les corps, il n'y a pas de guerre juste. Toute guerre est risquée, quelque précaution que l'on prenne les dégâts imprévus sont monnaie courante et les frappes aériennes, aussi scrupuleusement ciblées soient-elles, ne sauraient sanctuariser un par un les civils à terre. Allez expliquer à une victime « collatérale » qu'il est juste qu'elle soit meurtrie ! Non, à moins de prétendre à la sagesse et la toute-puissance d'un Dieu, nul ne peut décréter de guerre juste, il n'y a que des guerres nécessaires, ou non. C'est pour éviter le pire qu'on s'autorise le moins pire. C'est pour interdire le massacre annoncé de Benghazi et les « rivières de sang » promises à ses 700 000 habitants insurgés, que l'ONU, une fois n'est pas coutume, autorise l'intervention aérienne voulue par la France et la Grande-Bretagne, Nicolas Sarkozy et David Cameron. Premiers à prendre leur envol, les pilotes français ont levé le siège de Benghazi. Oui, il n'y a pas de frappes « justes », mais il en est de nécessaires, elles relèvent de la protection de peuples en danger (résolution 1973, mars 2011).

D'aucuns, dont je suis, pensent : « Enfin ! » Combien d'hécatombes avons-nous laissé se perpétrer pour déplorer après coup ne pas les avoir empêchées ? Combien de Guernica depuis le crime franquiste et nazi illustré par Picasso ? Chaque génération peut égrener ses lâchetés, de non-intervention en non-intervention, les énumérer toutes est mission impossible. Depuis la chute du Mur, pour les Européens, par exemple, il y a Srebrenica ; pour la communauté internationale tout entière, il y a le Rwanda – 10 000 Tutsis par jour exécutés en trois mois. La résolution 1973 ne garantit nullement que pareil laisser-tuer ne se produira plus, mais seulement qu'il sera plus difficile de l'accepter. Charbonnier n'est plus totalement maître chez lui, l'argument de souveraineté absolue est écorné, qui laissait aux tyrans les mains libres pour éradiquer à leur guise les citoyens de leur pré carré. Voilà une Grande Première géopolitique, le droit universel de vivre et de survivre s'élève au-dessus du droit souverain de tuer.

D'autres grognent et font mine de ne pas entendre. Par leur abstention inaccoutumée, Russes et Chinois n'ayant pas bloqué le Conseil de sécurité attendent fébrilement que les sauveteurs se plantent. Comme à l'ordinaire, le plus énervé c'est Vladimir Poutine : il reprend terme à terme les allégations de Kadhafi, dénonce une « croisade médiévale », puis verse comme lui des larmes de crocodile sur les vies innocentes broyées par les bombes occidentales. Jugeant pareille outrance nuisible aux intérêts internationaux de Moscou, l'autre pilier de la « tandemocratie », le président Medvedev, désavoue le vocabulaire que la *vox populi* russe par contre approuve à 70 %. Tandis que le bon apôtre du KGB-FSB recommande aux Occidentaux de « prier pour le salut de leurs âmes », l'ONG Memorial, qui n'a pas la mémoire courte, lui conseille courageusement de se soucier plutôt de son propre salut : « Poutine, visiblement, a complètement oublié ce qu'il a fait dans son propre pays et sa responsabilité dans ces tragiques événements. Le Premier ministre devrait, avant toute chose, prier pour son âme. »

Non seulement Vladimir Poutine s'y connaît en matière de croisade – des popes sont venus bénir les chars qui déferlaient sur la Tchétchénie musulmane –, non seulement il excelle en matière de bombardements (massifs en l'occurrence : Grozny réduit à la manière de Varsovie en 44), mais il a correctement décrypté combien la condamnation d'un Kadhafi éclabousse ses hauts faits caucasiens.

D'autres encore boudent et rechignent à s'engager, préférant contempler de loin le vol des avions. En tête l'Allemagne, qui hérite de l'ancienne République fédérale de Bonn son statut de géant économique et de nain politique. On se contenterait de sourire ou de se moquer si désormais réunifiée, devenue LA puissance prospère de l'Union européenne, l'Allemagne ne tendait à imposer aux autres la norme de sa non-action ratiocinante : chaque usage de la force risquant de déraper ou de s'enliser, laissons les exterminateurs exterminer en rond. Ainsi l'Europe vendrait-elle des armes aux despotes, mais s'obligerait à n'en pas utiliser contre eux ! La morale est sauve et le commerce aussi. Oubliée l'ironique sagesse de Clausewitz signalant combien celui qui veut établir ou rétablir sa domination s'affiche en « ami de la paix » et stigmatise ceux qui s'opposent à la tyrannie et défendent la liberté comme « fauteurs de guerre ».

L'enjeu de la résolution 1973 est d'autant plus fondamental que très précisément délimité. L'intervention armée vise uniquement à protéger, nullement à débarquer, envahir, instaurer une démocratie ou construire une nation. Il ne s'agit pas d'agir à la place d'une population, mais seulement de lui permettre de décider à ses risques et périls de son destin. Encore fallait-il rétablir un équilibre des forces, bloquer le pouvoir dévastateur que confère la technologie moderne des armements à des dictateurs sans retenue devant des manifestants à mains nues. L'exemple libyen est un cas particulier, sa réussite n'est ni garantie ni aisément transposable. Force est de distinguer des régimes policiers et corrompus façon Ben Ali-Moubarak[7] et le pouvoir terroriste, totalitaire, ubuesque à la Kadhafi. Le siècle est loin d'en avoir terminé avec les dictateurs aux mains sanglantes, qu'ils sachent cependant que la « nécessité de protéger » les foules désarmées s'élève comme une épée de Damoclès au-dessus de leurs méfaits[8].

---

7. Voir l'excellent *Printemps de Tunis* par Abdelwahab MEDDEB, Paris, Albin Michel, mars 2011.

8. Paris, le 27 mars 2011, *Die Welt*, 29 mars 2011, *Standard*, 29 mars 2011, *Le Figaro*, 30 mars 2011, *Gazeta*, *Respekt* (République tchèque), *SME*, *Weekendavisen* (Allemagne), *Corriere della Sera*, *Tabula* (Grèce)...

6

Votre serviteur

Un marxisme nihiliste et cynique

« Qui suit un autre, il ne suit rien. Il ne trouve rien, voire il ne cherche rien », écrit Montaigne. Mon engagement « maoïste » (1969-1970) à la française, si bref fut-il, me fait encore monter le rouge au front. Rien à voir avec Mai 68 auquel je participai sans marxisme aucun. J'avais réglé mes comptes avec Althusser, le « pape marxiste-léniniste » de l'époque, en publiant un article au vitriol dans *Les Temps modernes*. Cette poussée de fièvre « maoïste » m'a saisi juste après, porté par le désir imbécile de prolonger l'insurrection spontanée, bon enfant et volatile et le désir d'« organiser l'apocalypse » célébré par Malraux. Je me suis piégé moi-même : en acceptant l'étiquette contradictoire d'« anarcho-maoïste » (mariage surréaliste de la liberté absolue et de l'autorité absolue), je pactisai avec le meurtre de dizaines de millions d'hommes aux antipodes.

Rien ne sert de courir aux excuses faciles : c'est loin, je ne savais pas, on m'a trompé… L'air du temps s'y prêtait, à droite comme à gauche en effet la France officielle avait adoubé Mao. André Malraux, alors numéro 2 de De Gaulle, était l'ami de trente ans de Zhou Enlai, lui-même numéro 2 d'un chef révolutionnaire sur lequel pleuvaient livres et articles élogieux. Les plumes illustres, Mitterrand, Simone de Beauvoir, Alain Peyrefitte ne tarissaient pas. Lorsque je publiai peu après mes livres de rupture (*La cuisinière et le mangeur d'hommes*, 1975 et *Les maîtres penseurs*, 1977), on m'épingla « ex-mao » et souvent c'était le « ex » qui était porté à charge. La bêtise des autres n'est pas une excuse, il faut se remettre directement et intégralement en cause, ne pas penser « on me trompe », mais « je me trompe ». Soljenitsyne et Montaigne m'ont aidé dans ce nécessaire et pénible et fructueux retournement sur soi, qui entraîne une remise en cause mentale et morale de tout son être, une conversion philosophique. Un tel itinéraire autocritique en croisa d'autres non moins personnels, d'où une ravageuse critique du marxisme qu'on nomma à l'époque « nouvelle philosophie ». Trente ans après, quelques haines obscurément recuites témoignent encore de l'effervescence suscitée.

Soljenitsyne explique qu'il n'a pu mettre en question le système du Goulag qu'en le comprenant de l'intérieur, en se souvenant de sa jeunesse stalinienne, en interrogeant le goût des épaulettes, le respect de l'autorité du savoir académique, le mépris des humbles qui habitaient l'officier soviétique qu'il campait si fièrement. Bien auparavant, Barrès avait pointé dans l'arrivisme des jeunes cadres français une « napoléonite » qui sévit génération après génération chez les futurs meneurs d'hommes. Le dogme marxiste coiffe à merveille la passion de gouverner son prochain, fût-ce malgré lui, mais toujours « pour son Bien », *of course*. D'où le préjugé favorable, qu'aujourd'hui encore nourrissent les officiels à l'égard des pires dictateurs : mon ami Bokassa, mon protégé Saddam Hussein. Le meneur d'hommes se retrouve complice du mangeur d'hommes.

Le maoïsme dépassant le dogme léniniste en rajoute. L'asservissement de l'individu par la contrainte extérieure (police et camps) est redoublée par une technique de la contrainte « psy » produisant l'asservissement intérieur, que Montaigne et La Boétie nomment « servitude volontaire ». La « révolution culturelle » chinoise proclame : « Il faut oser se révolter », « Feu sur le quartier général ! » Gigantesque système de manipulation, fondé sur l'injonction contradictoire ! C'est un effort pour rendre l'autre fou, théorisé par l'école de Palo Alto : quand un parent abusif et envahissant commande à l'enfant : « Révolte-toi contre moi ! » il le piège. Le môme trop confiant panique ; s'il se révolte, c'est par obéissance, donc il ne se révolte pas ; s'il ne se révolte pas, il est voué au mépris de soi-même. Ainsi, le radicalisme maoïste pousse au suicide intellectuel. Pour s'en sortir, il faut se décider à piéger le piégeur, parent abusif ou chef génial, en le renvoyant à son délire de tout gouverner. À cette stratégie du décervellement, il faut opposer le socratique retour sur soi, sur ses erreurs et ses horreurs, condition d'un retour à soi.

Mao marque le passage du « marxisme-léninisme » au « marxisme-nihilisme ». Le premier cultive un dogmatisme scientiste. Le second – dont le maoïsme ne fut qu'une première ébauche – obéit à une logique plus perverse, plus souple, plus labile et infiniment plus cynique. Le virage fut pris davantage secrètement en ex-Union soviétique. Du vieux Staline désabusé mais toujours cruel à Poutine, une lignée de grands flics – le sanglant Béria, le kagébiste Andropov – a programmé la prolongation de son pouvoir autocratique en s'émancipant de l'idéologie et des illusions révolutionnaires. La caste dirigeante chinoise, avec plus de brio, joue Mao contre Mao : tandis que le Grand Timonier prétendait instaurer un communisme primitif et sauvage, le Bureau politique actuel lâche la bride à un capitalisme lui aussi sauvage et parfaitement corrompu. Demeure le principal, le mépris des droits de l'homme les plus élémentaires au bénéfice de la dictature toute-puissante et à l'occasion sanglante (Tienanmen, Tibet...) d'une faction dure sans foi ni loi qui s'autoreproduit au sommet.

Les maoïstes français ont souvent tiré de leurs errements un refus définitif des apocalypses « salvatrices » et du terrorisme en politique. D'où le faible nombre de ceux qui, dans le tumulte des années soixante-dix, ont dérivé vers l'assassinat, même « micro ». Les ravisseurs d'un chef du personnel de Renault finirent par le relâcher, contrairement aux usages de leurs homologues italiens ou allemands. Était-ce chez ces lettrés, sortis des khâgnes et des grandes écoles, le goût du stylo prévalant sur celui de la kalachnikov ? Était-ce la stupeur face à l'attentat de Munich où périrent onze athlètes israéliens ? Sur le point de succomber au vertige du meurtre, les groupuscules maoïstes reculèrent devant l'abîme.

L'influence de Soljenitsyne s'avéra déterminante. Si les contestataires français ont tenu compte de l'expérience soviétique, c'est parce qu'une question les taraudait :

jusqu'où risquait de les mener la violence révolutionnaire ? Instruits par la tragédie russe, ils comprirent qu'elle ne les conduirait *in fine* qu'à la potence, au Goulag ou à l'asile psychiatrique. Un retour sur soi, sans ménagement, introduit la victoire du principe de réalité sur les tentations éternelles du nihilisme idéologique. Le meilleur livre sur cette aventure contemporaine, écrit au XIXe siècle, reste *Les possédés* (ou *Les démons*) de Dostoïevski[1].

L'homme qui veut regarder le mal

Votre parcours peut étonner. Après 68, vous étiez proche des maoïstes. Après le 11 Septembre, vous soutenez les États-Unis au point d'être partisan de la guerre contre l'Irak. Entre ces deux types d'engagement, y a-t-il à vos yeux continuité ? Rupture ? Les deux ?

L'après-1968 dont vous parlez, je l'ai vécue avec Sartre, Foucault, Godard, Astruc et des étudiants qui s'autoproclamaient révolutionnaires, anarchisants et sans parti. Ce n'était pas le surréalisme au service de la révolution, mais la révolution au service d'un activisme très surréaliste. L'aventure a buté sur la question du terrorisme. Fallait-il céder à la tentation, comme Baader en Allemagne et les Brigades rouges italiennes ? Glorifier, avec Jean Genet, l'assassinat des athlètes israéliens aux jeux Olympiques de Munich ? Un débat féroce fit exploser cette ultime « avant-garde » et sépara des amis. Foucault,

---

1. Propos recueillis par Marie-Laure Germon et Alexis Lacroix, *Le Figaro*, 9 septembre 2006.

comme moi, rejetait le terrorisme, Deleuze inclinait à s'en solidariser. J'écrivis *La cuisinière*, où j'attaquais les fondements idéologique et philosophique de la terreur communiste, suivi sur le même registre *Les maîtres penseurs*. Foucault écrivit sur ce livre le plus élogieux de tous les comptes rendus. Deleuze tempêta contre la « nouvelle philosophie ». Ma rupture date d'un tiers de siècle, ma guerre contre le terrorisme pratique et théorique dure depuis trente ans.

Donc, vous n'avez pas changé ! Même en soutenant la guerre en Irak ?

Le Baas de Saddam Hussein fut fasciste puis stalinien. Comment ne pas fêter le renversement d'un tyran qui gaze sa population, torture, affame etc. ? J'appelle terrorisme l'agression perpétrée par des gens en armes contre des civils désarmés. Il me paraît obscène de baptiser « résistants » les salauds qui font exploser des voitures pour tuer un maximum de passants, femmes et enfants compris. Ma mère et mes sœurs dans la Résistance française n'auraient jamais imaginé que l'exécution d'otages fut une méthode de résistance, à l'époque c'était les nazis qui procédaient ainsi.

En soutenant l'intervention en Irak, je me suis retrouvé d'accord avec la plupart des dissidents, Havel et ceux que nous allions voir en Pologne, sous Jaruzelski. La grande fracture d'il y a trente ans partage toujours l'opinion européenne.

Vous insistez sur le fait que la haine est un mouvement absolu, sans limite, qui s'autoalimente…

Je réagis d'abord contre un poncif : la haine serait causée de l'extérieur par la misère, l'oppression, l'humiliation… Comme si tous ceux qui vivent dans la détresse se laissaient ravager par la haine. Quel mépris pour les pauvres ! Quelle insulte pour les humbles. Non, il n'y a aucune mécanique inexorable, aucun lien de cause à effet entre un désastre économique ou social et le terrorisme. Non, le terroriste moderne souvent instruit et aisé est responsable. Sa décision lui appartient. Le terroriste n'est pas un mannequin manipulé par des circonstances matérielles. C'est un assassin qui jouit de tuer.

Dans ce livre [Le discours de la haine] comme dans la plupart de vos ouvrages, pour analyser notre actualité, vous faites largement appel aux classiques, qu'ils soient grecs (Sophocle, Euripide), romains (Sénèque), ou modernes (Montaigne, Shakespeare, La Fontaine, Dostoïevski). Pour quelle raison ?

La littérature, dans ce qu'elle a de grand, est une science du mal. Elle produit un savoir de ce qui ne va pas, elle casse l'*omerta* sur les risques et les périls. Montaigne, Shakespeare ou Racine développent cette science du mal, comme Tchekhov et Dostoïevski, Beckett et Ionesco. Un grand écrivain est prophète de malheur, il dévoile ce qui va mal, ce qui fait mal, ce qui est mal, ce qu'on escamote pour dormir tranquille. Quand le poète veille, il scrute les fleurs du mal[2].

---

2. Extraits d'une interview faite par Roger-Pol Droit dans *Le Point*, 28 octobre 2004.

Table

Table 213

6. Votre serviteur

Ouvrages d'André Glucksmann

La plus belle histoire de la liberté
(avec Nicols Bacharan et Abdelwahad Meddeb)
Seuil, 2009

Les Deux Chemins de la philosophie
Plon, 2009

Mai 68 expliqué à Nicolas Sarkozy
(à quatre mains avec Raphaël Glucksmann)
Denoël, 2008

Une rage d'enfant
Plon, 2006

Le Discours de la haine
Plon, 2004

Ouest contre Ouest
Plon, 2003

Dostoïevski à Manhattan
Robert Laffont, 2002

La troisième Mort de Dieu
NiL Éditions, 1999

Le Bien et le Mal
Lettres immorales d'Allemagne et de France
Robert Laffont, 1997

De Gaulle où es-tu ?
Lattès, 1995

La Fêlure du monde : éthique et sida
Flammarion, 1994

Le XIe Commandement
Flammarion, 1991

Sortir du communisme, c'est rentrer dans l'Histoire
avec *Quelques mots sur la parole, de Vaclav Havel*
Éditions de l'Aube, coll. « Regards croisés » (éd. Bilingue), 1989

Descartes c'est la France
Flammarion, 1987

Silence, on tue
(avec Thierry Wolton)
Grasset, 1986

La Force du vertige
Grasset, 1985

Cynisme et Passion
Grasset, 1981

Les Maîtres penseurs
Grasset, 1977

La Cuisinière et le Mangeur d'hommes
Essai sur l'État, le marxisme, les camps de concentration
Seuil, coll. « Combats », 1975

Stratégie de la révolution en France
Christian Bourgeois, 1968

Le Discours de la guerre
Éditions de l'Herne, 1967 ; repris en coll. « 10/18 », 1974 ;
Grasset, 1979

Composition et mise en pages réalisées par
Compo 66 – Perpignan
386/2011

Cet ouvrage a été imprimé
en avril 2011 par

FIRMIN-DIDOT

27650 Mesnil-sur-l'Estrée
N° d'impression : 105343
Dépôt légal : mai 2011

Imprimé en France

Pour être informé des publications
des Éditions Desclée de Brouwer
et recevoir notre catalogue,
envoyez vos coordonnées à :

Éditions Desclée de Brouwer
10, rue Mercœur
75011 – Paris

Nom : . . . .
Prénom : . . . .
Adresse : . . . .
. . . .
Code postal : . . . .
Ville : . . . .
E-mail : . . . .
Téléphone : . . . .
Fax : . . . .

Je souhaite être informé(e) des publications
des Éditions Desclée de Brouwer